A CONVENÇÃO DOS VENTOS
agroecologia em contos

COLEÇÃO AGROECOLOGIA

Agroecologia na educação básica –
questões propositivas de conteúdo e
metodologia
*Dionara Soares Ribeiro, Elisiani Vitória
Tiepolo, Maria Cristina Vargas e Nivia
Regina da Silva (orgs.)*

Dialética da agroecologia
*Luiz Carlos Pinheiro Machado, Luiz Carlos
Pinheiro Machado Filho*

Dossiê Abrasco – um alerta sobre os
impactos dos agrotóxicos na saúde
*André Búrigo, Fernando F. Carneiro, Lia
Giraldo S. Augusto e Raquel M. Rigotto
(orgs.)*

A memória biocultural
Víctor M. Toledo e Narciso Barrera-Bassols

Pastoreio Racional Voisin
Luiz Carlos Pinheiro Machado

Plantas doentes pelo uso de agrotóxicos
– novas bases de uma prevenção
contra doenças e parasitas: a teoria da
trofobiose
Francis Chaboussou

Pragas, agrotóxicos e a crise ambiente -
problemas e soluções
Adilson D. Paschoal

Revolução agroecológica – o Movimento
de Camponês a Camponês da ANAP em
Cuba
Vários autores

Sobre a evolução do conceito de
campesinato
*Eduardo Sevilla Guzmán e Manuel González
de Molina*

Transgênicos: as sementes do mal – a
silenciosa contaminação de solos e
alimentos
*Antônio Inácio Andrioli e Richard Fuchs
(orgs.)*

Um testamento agrícola
Sir Albert Howard

SÉRIE ANA PRIMAVESI

Ana Maria Primavesi – histórias de vida
e agroecologia
Virgínia Mendonça Knabben

Algumas plantas indicadoras – como
reconhecer os problemas do solo
Ana Primavesi

Biocenose do solo na produção vegetal
& Deficiências minerais em culturas –
nutrição e produção vegetal
Ana Primavesi

Cartilha da terra
Ana Primavesi

A convenção dos ventos – agroecologia
em contos
Ana Primavesi

Manejo ecológico de pastagens em
regiões tropicais e subtropicais
Ana Primavesi

Manejo ecológico e pragas e doenças
Ana Primavesi

Manual do solo vivo
Ana Primavesi

Pergunte o porquê ao solo e às raízes:
casos reais que auxiliam na compreensão
de ações eficazes na produção agrícola
Ana Primavesi

Ana Maria Primavesi

A CONVENÇÃO DOS VENTOS
agroecologia em contos

2ª EDIÇÃO
EXPRESSÃO POPULAR
SÃO PAULO – 2016

Copyright © 2016, by Expressão Popular

Revisão: Miguel Cavalcanti Yoshida e Cecília da Silveira Luedemann
Projeto gráfico e diagramação: ZAP Design
Ilustrações do miolo: Ana Primavesi
Capa: Patrícia Yamamoto (https://cargocollective.com/patriciayamamoto)
Logo da coleção: Marcos Cartum
Impressão e acabamento: Paym

Dados Internacionais de Catalogação-na-Publicação (CIP)

P952c	Primavesi, Ana A convenção dos ventos: agroecologia em contos Ana Primavesi.--1.ed.—São Paulo : Expressão Popular, 2016. 168p. : il. – (Série Ana Primavesi). Indexado em GeoDados – http://www.geodados.uem.br. ISBN 978-85-7743-273-8 1. Literatura brasileira – Contos. 2. Contos brasileiros. I. Título. II. Série CDD B869.4

Catalogação na Publicação: Eliane M. S. Jovanovich CRB 9/1250

Todos os direitos reservados.
Nenhuma parte deste livro pode ser utilizada
ou reproduzida sem a autorização do Iterra e da editora.

1ª edição: março de 2016
2ª edição: novembro de 2016
6ª reimpressão: novembro de 2022

EDITORA EXPRESSÃO POPULAR
Rua Abolição, 197 – Bela Vista
CEP 01319-010 – São Paulo – SP
Tel: (11) 3112-0941 / 3105-9500
livraria@expressaopopular.com.br
www.expressaopopular.com.br
🄵 ed.expressaopopular
🄾 editoraexpressaopopular

É nosso dever proteger o maior patrimônio nacional, porque a nação que destrói o seu solo, destrói a si mesma.

Theodore Roosevelt

O futuro de um país está ligado à sua terra. O manejo adequado de seus solos é a chave mágica para a prosperidade e bem estar geral.

Artur Primavesi

Se as cidades forem destruídas e os campos conservados, aquelas ressurgirão; entretanto, se os campos forem destruídos e as cidades conservadas, estas perecerão.

Benjamin Franklin

O homem sonha monumentos, no entanto semeia ruínas para a pousada dos ventos.

Paulo Eiró

Sumário

INTRODUÇÃO 9

CAIARARA 11

TATÁ, PEPE E GIGI: AS TRÊS GOTINHAS DE CHUVA 23

O TIETÊ 31

A CONVENÇÃO DOS VENTOS 39

O GRÃO DE TRIGO 49

SENHOR DONA ALICE 55

BIMBO, BEA E BAM: OS QUANTINHOS DE LUZ 63

A BACTÉRIA VIVI 77

A TERRA E O ARADO 87

O ZEQUINHA DO JEGUE 99

O HIDROGÊNIO 109

O NITROGÊNIO 117

O TUIUIÚ 129

O MELHOR AMIGO DOS PARASITAS 139

RAINHA MAXIMILIANA ATTA 147

ZUMBI 157

INTRODUÇÃO

Você conhece o mundo em que vive? Sabe o que acontece quando o modificam, o exploram, o utilizam?

É um mundo perfeito, delicado, onde cada fator está sempre exatamente sintonizado com os outros formando um conjunto fascinante, muito mais perfeito que qualquer coisa ou mecanismo, que somos capazes de fazer. E o mais fascinante é que tanto faz onde começamos a pesquisar, na biologia, na termodinâmica, na astrofísica, na física nuclear, na química ou na religião, sempre chegaremos a idêntico resultado e à mesmíssima conclusão: à Energia Original. Porque tudo são ciclos interligados e cada fator constitui somente uma parte de um ciclo que, em seu conjunto, forma o inteiro, o cosmos.

Podemos construir ou destruir, entrar numa espiral ascendente ou descendente, somente pelo fato de ter modificado um único, pequeno fator que, em sua insignificância, faz parte preponderante do inteiro grandioso.

Aqui, neste livro, algumas das partes contam sobre o mundo tão próximo a nós e tão desconhecido. O miquinho Caiarara, os ventos, as águas, as gotinhas de chuva e os quantinhos ou fótons de luz, as minhocas e os elementos químicos, as abelhas e as saúvas, as bactérias e o solo, o grão de trigo e os parasitas, todos, todos estão aqui para lhe mostrar o mundo fantástico e desconhecido. E, também, o Zequinha do jegue, este menino do Sertão que, apesar de matar aula, penetra nos fundos de nossa existência, e nos mostra um mundo tão querido e tão esquecido.

Este livro não é composto de simples contos, mas deve formar uma nova consciência da geração futura, para que salve a nossa cosmonave Terra antes que seja tarde, e leve à nossa extinção.

Perceba que nosso ambiente, espaço do qual fazemos parte e dependemos, é constituído pela chamada natureza selvagem, pelos campos, lavouras, florestas, rios e mares, pela atmosfera e a terra em que se pisa, pelas cidades, por todas as pessoas com as quais compartilhamos o espaço geográfico e por todos os espaços onde lançamos nossos lixos e dejetos.

Se as pessoas não conservarem as características do ambiente que permitem a vida saudável, se as pessoas não aprenderem a respeitar seu espaço e o espaço dos outros, se não houver compartilhamento e colaboração, e se os lixos e dejetos não forem minimizados e reciclados ou convenientemente tratados, nossa vida se tornará um suplício ou mesmo impossível. A escolha é somente nossa.

CAIARARA

Como sempre, a mata estava orgulhosamente quieta. Nenhum susurro de vento, nem o farfalhar de uma folha ou chapinhar de um Igarapé. Uma penumbra densa encobria tudo e raramente um raio de sol se perdia por entre os ramos e folhas das árvores. Somente a flautinha doce do sabiá, o chamado agudo e metálico da araponga ou o grito de um mico quebravam o silêncio.

Paquito, a arara que recém tinha recebido sua plumagem azul, inclinou a cabeça para escutar melhor. Lá estava novamente este grito assobiado e ao mesmo tempo algo rouco. Só podia ser Caiarara, seu amigo o miquinho, com seus olhos arregalados e ao mesmo tempo travessos. Voou em direção ao grito, bastante inquieto. O que teria acontecido? Já de longe Caiarara gritou agitado:

– Estão brigando!

Paquito não entendeu.

– Quem está brigando?

E enquanto tentava entender, de repente, o Ipê-amarelo onde tinha pousado jogou todas suas flores num protesto violento, de modo que uma chuva dourada pairou por alguns instantes no ar, até cobrir o chão com um manto precioso. E gritou:

– Vocês acham que as folhas e pétalas que jogamos existem somente para serem comidas e banqueteadas? Estão muito enganados. Fiquem sabendo que jogamos as folhas justamente para proteger a terra e possibilitar a maquiagem de sua pele, para que esta se mantenha fresquinha e novinha.

– Quanto amor – zombaram as bactérias e continuaram comendo. Um jacarandá-roxo entrou na briga.

– Patetas – xingou ele. – Nunca ouviram falar que pelos poros da pele da terra entram ar e água? Para nós e para vocês, para as raízes todas que vivem por aí e para as vertentes brotarem. Não sabem, por acaso, que transpiramos diariamente toneladas e toneladas de água para refrigerar nossas folhas e o ar?

– E não por último, para que chova todos os dias – acrescentou um Pau-brasil.

– Ha,ha,ha – riu uma centopeia que apareceu depois de sua sesta e que lutava para pôr em ordem todas as suas pernas ainda algo confusas.

– Vocês suam e chamam isso de transpirar; que gente fina.

O Jacarandá ficou furioso.

– Chame-o como quiser, mas de fato somente assim mantemos a temperatura amena e reciclamos a água todos os dias, tirando o calor do ar. O calor se lança sobre a água e transforma-a em vapor, e aí gasta tanta energia que se resfria. E a água evaporada sobe, se acumula, forma nuvens e, estas, quando suficientemente pesadas, caem. Aí chove. E se a água não puder penetrar mais na terra e repuser a água gasta que estava no lençol freático, não teremos mais nada a absorver e não teremos nada a transpirar, nem para refrigerar, e não choverá mais todos os dias. E aí, nós e vocês seremos assados ou fritos vivos.

Agora parecia que o Jacarandá-roxo ficou algo aliviado e Paquito arriscou-se a perguntar:

– Mas vocês não estão aqui justamente para proteger a terra e interceptar a chuva para que caia de mansinho no chão?

O Jacarandá olhou surpreso e quando viu a arara deu uma gargalhada.

– Olhe avezinha, tudo isso é tão importante para nossa vida que todo cuidado com a terra é pouco.

– E por que estão brigando, finalmente? – quis saber Caiarara.

– Tudo começou com as bactérias, meu miquinho. Estavam comendo as folhas e deveriam produzir geleia para a maquiagem da pele da terra, mas somente comiam e não produziam nada, nem um tiquinho de geleia. Então a terra protestou e com toda razão – explicou o Ipê-amarelo que adorava ser a flor da pátria, verde-amarelo, e que detestava ser chamado de pau-de-arco, como era conhecido pelos índios, por fazerem seus arcos do cerne dele.

– As bactérias ainda tinham que colar os grumos da terra e, depois, os fungos deveriam amarrá-los e a terra ainda precisava formar seus poros, e tudo isso antes da chuva cair. Às duas horas da tarde chove, como todos sabem.

– Mas as folhas não protegem a terra? – quis saber o miquinho.

– Protegem, sim, mas não fazem a água entrar na terra. É só através dos poros que entram ar e água, e sem eles não podemos viver, respondeu o Ipê.

– Mas, vocês não tem ar o suficiente lá em cima da copa?

– Ter, tem, mas onde eu preciso de ar mesmo, de oxigênio, é nas raízes. Elas, além de serem meus intestinos, são meus pulmões! Entendido? – perguntou o Ipê, que novamente começou a zangar-se.

– Não – disse o mico, que todavia não queria se aborrecer mais, nem queria puxar briga.

– Olha, para poder absorver água e nutrientes, eu preciso de ar ao redor da raiz. Sem ar, nem água posso absorver, e com isso morreria de fome e sede – disse o Ipê, agora um pouco mais calmo.

– Chega! – interrompeu a terra – Agora as bactérias já estão trabalhando e produzindo geleias para colar as partículas da terra e, pelo jeito, os fungos nas suas raízes estão superativos, de modo que não precisa mais se preocupar.

O Ipê ficou acanhado desde que a terra falou de seus fungos, as micorrizas na raiz, porque era um assunto todo particular dele, e que ele não gostaria que os outros soubessem. Por isso respondeu rispidamente:

– Como eu poderia viver nessa areia desgraçada sem os meus fungos?

– A culpa não é minha, mas como tem jeito para tudo, mesmo sendo areia pobre produzo mognos com 60 metros de altura e 2 metros de diâmetro – disse a terra triste.

O Ipê se arrependeu de ter dito isso e magoado a terra.

– Pois é. O projeto é bom, só que não pode haver nem a menor falha no sistema, senão tudo pifa – disse ele, se calando, logo em seguida, envergonhado.

Caiarara e Paquito se foram em busca de frutos e sementes. Embora o miquinho não pudesse voar, pulava com tanta agilidade de galho em galho que não se distanciou muito da arara. De repente, parou e ficou como que petrificado. Tinha ouvido um ruído que não era da mata. Um ruído estranho e diferente. E quando vislumbrou dois bichos estranhos, que escondiam sua pele debaixo de alguma coisa colorida, que não era plumagem nem pelo, e que caminhavam sobre duas pernas, igual a índios, mas fazendo barulho a cada passo, emitindo sons pela boca que ondulavam e pareciam contínuos, sem pausas, Caiarara correu para procurar Paquito. Índios esses aqui não eram, disso tinha certeza. Esses nunca eram barulhentos. Eram quietos como a mata e hábeis como as onças.

– Paquito, Paquito, venha cá pra ver – ele cochichou.

E quando a arara quis gritar com voz alta para saber o que sucedia, Caiarara lhe fechou o bico com a mão.

– Quieto, quieto. Pode ser perigoso se eles nos enxergarem – sussurrou ele.

Paquito ficou agitado.

– Está falando de quê?

O miquinho somente mostrou com o dedo. E quando Paquito vislumbrou os dois seres estranhos, quase gritou de surpresa.

– São homens brancos! Já vi alguns num acampamento na beira do rio.

Com uma faca, um deles tirou uma porção de terra do chão e a esfregou entre os dedos.

– Como é que terra tão miserável pode dar árvores tão grandes? – perguntou ao companheiro.

Este abanou a cabeça.

– A terra não pode ser tão ruim se tem mogno, pau-ferro, jacarandá, ipê, louro, pau-brasil e muito mais.

– É pobre, quase areia pura, como na praia – insistiu o primeiro.

– Mas se dá essas árvores, deve dar pasto bom com muita facilidade.

– O que eles querem? O que é pasto? – perguntou apavorado o miquinho.

– Temos que fugir. Isso não cheira bem – disse Paquito.

O miquinho se desespera.

– Mas pra onde?

Agarrou-se ao amigo e o medo apertou seu coraçãozinho.

Vieram muitos homens brancos com motosserras que uivavam o dia todo, soltando uma fumaça preta e malcheirosa, e as árvores mais velhas e majestosas caíam todas. Caiarara olhou apavorado. Todos seus amigos já não existiam mais. Também o Ipê-amarelo tinha caído. Agora não precisava mais de ar, nem de água em suas raízes, coitado! E a terra? Quem iria protegê-la? Quem iria providenciar as folhas para seu manto de proteção, o dossel de folhas no alto e a serapilheira no chão? Quem iria fazer a geleia para sua maquiagem, para que seus poros ficassem grandes e novos? Quem iria estender os braços para interceptar a chuva a fim de não golpeá-la, mas cair de mansinho? E quem iria transpirar água para que chovesse todos os dias? Quem iria garantir o ciclo natural longo da água, retardar sua volta ao mar?

E depois veio o fogo. Paquito e Caiarara fugiram aterrorizados. De longe, ouviam o estalar da madeira que se torcia no calor e o bruxulear das chamas que clareavam o céu noturno e que lançava os troncos das árvores para o ar, devido à violência do ar quente que subia as térmicas. E mesmo estando longe, o calor era tão grande que parecia tostar-lhes os rostos e chamuscar os pelos ou plumas. E no outro dia, em lugar das folhas, uma camada grossa de cinza cobria a terra. Ela chorava. Chorava tanto que suas lágrimas brotavam como fontes no chão. E, na madrugada, um véu branco de neblina subia da terra, encobrindo-a misericordiosamente para esconder toda destruição e desolação. Era a água que iria ser transpirada pelas árvores, mas essas já não existiam mais.

E, de repente, entrou o vento. Caiarara nunca tinha sentido o vento. Encheu as narinas e fez cara feia para ter aspecto mais assustador. Mas o vento somente riu.

– Agora vai ter que conviver comigo. Não adianta querer me afugentar. Tudo mudou. Tua mata soberba se foi. Agora é minha vez. Entrou a economia humana!

Deu uma gargalhada que dava para arrepiar os pelos, uivou e levantou uma nuvem de cinza ao dar uma volta, um rodopio, pela área derrubada.

– Como eles puderam destruir tudo? Este era nosso torrão, nossa mata, nossa pátria – soluçou Paquito.

E, entre lágrimas, disse:

– Vamos embora.

Caiarara ficou perplexo.

– Para onde poderemos ir? Cada um tinha seu território que lhe pertencia e onde os outros os respeitavam. Mas nosso mundo não existe mais. Os outros tinham mais sorte. Mas quem iria repartir seu território com um fugitivo? Os outros não nos aceitarão.

Nunca houvera mais micos ou mais araras num trecho de mata do que esta não pudesse nutrir.

– Se entrarmos em território de outros vão nos matar, de certo. É a lei da sobrevivência.

– Não seja tão dramático! – consolou Paquito, cujo coração se apertou de dor.

Mas o miquinho insistiu:

– Já pensou em quantos fugiram? Onde será que foram?

E, quando as cinzas esfriaram, Caiarara cavoucou até chegar à terra, acariciando-a. Ela então, perguntou:

– O que faço, não posso ficar queimada e arrasada, nua e desprotegida. E você, miquinho?

Caiarara começou a chorar:

– Não sei não. Isso era minha mata. Não tenho mais onde ficar.

No outro dia, Paquito veio com uma nova.

– Caiarara – disse ele solenemente – tomei uma decisão. Se eles destruíram minha mata, meu território, meu lar, tudo que eu tinha, eles vão ter que me aguentar. Vou ao acampamento dos homens brancos. Melhor no cativeiro do que ser proscrito pelos outros animais da mata. Não fiz nada de mal e mesmo assim não me aceitam. Toda área restante de mata já está dividida e demarcada. Alguns dos fugitivos lutam pelo espaço. Eu não quero lutar, não quero matar outro para ficar com seu território. Eu vou embora. E se você não sabe mais onde ficar...

Paquito chorou de emoção e Caiarara também.

A terra se cobriu de capim-colonião. O capim ficou bonito e foi povoado por bois. Tudo ficou branquinho de tantos bois Nelore. Caiarara se escondia numa árvore na beira da mata e, de noite, andava pelos pastos. Aqui não tinha comida para ele. De vez em quando, conseguia furtar uma fruta ou alguma castanha da beira da mata, mas nunca era o suficiente para saciar a fome. Ele ficou magro e mais minguadinho do que já era. E o seu rostinho parecia feito somente de dois olhos grandes e assustados. Sentou-se na terra e, enquanto sua barriga roncava de fome, perguntou:

– Você está boa, agora?

– Estou ruim como nunca. Ninguém mais cuida de mim. Querem apenas tirar as minhas forças, as minhas reservas. E estas sempre foram poucas. Agora, a minha pele está encrostada e sulcada. Meus poros, entupidos. A água não entra mais, mas escorre, aprofundando ainda mais os sulcos. Não tem mais folhas que me protejam, nem existem mais bactérias amigas, nem centopeias ou outros bichinhos. Sinto que estou ficando cada vez mais dura, compactada. As raízes reclamam porque não conseguem mais entrar e se aprofundar. Ficam muito próximas da superfície, sofrendo de calor e seca. As chuvas já não vêm mais como antes. Capins estranhos invadem os pastos e o capim-colonião cresce cada vez menos.

– E os donos dos pastos, não enxergam isso? – perguntou o miquinho aflito.

– Os donos somente enxergam dinheiro – disse a terra triste.

– Mas eles não reparam que se você, terra, vai mal, o capim deles vai mal, o gado deles vai mal e o dinheiro deles também?

– Homem não consegue raciocinar tanto. Consideram-me somente como suporte para seus pastos e seus adubos. Não conhecem as leis da vida e da sobrevivência.

Mas, de repente, a terra olhou o miquinho, sorriu e exclamou:

– Miquinho, está ficando velho! Está crescendo o topete na sua cabeça – Caiarara deu um pulo de alegria. Teria dado muitos mais se pudesse espelhar-se num Igarapé. Mas estes já não existiam mais. Secaram. Água para beber ele tirava de cipós, que cortava com os dentes, chupando depois o líquido que escorria. Mas para se espelhar não dava. E se olhar no espelho de água dos bebedouros do gado ele tinha medo. Somente levou a mão à cabeça para sentir o topete, o sinal de sua dignidade.

Certa vez visitou Paquito. Estava aparentemente contente. Somente sua plumagem não tinha mais o brilho anterior, quando ainda vivia na mata, e gritava muito e com voz rouca. Estava nervoso e irritado, mas quando viu Caiarara chorou de alegria, lhe deu comida que ainda tinha restado em sua tigelinha e não parou de olhar o amigo. O miquinho pegou o arroz e as sementes de girassol, um por um com seus dedinhos, e saboreou-as vagarosamente. Paquito o olhou atento.

– Como você ficou magro! Venha mais vezes, comida e água aqui não faltam. Sempre poderei guardar alguma coisa para você.

Lá fora o pasto ia piorando. Ia de mal a pior. Rasgaram a terra com suas máquinas grandes, plantando outro capim. Mas a terra sentiu-se mais compactada e dura e sabia que estava horrivelmente doente. As partes mais altas estavam sulcadas pela erosão, e as mais baixas ficaram alagadas. Apareceram muitas plantas que ela não conhecia antes, mas sentiu que a queriam bem. Tentavam quebrar as lajes ou as camadas duras e recuperar a pele porosa da terra, e que agora estava com todos os poros entupidos. Mas os homens não as compreendiam e não deixavam essas plantas. Jogavam toneladas de herbicidas violentos (mata-mato), sempre mais veneno e mais veneno para matar essas amigas que queriam curá-la. No fim, sobrou somente o babaçu, uma palmeira que não se importava com o veneno.

Vieram as enchentes e depois a seca. Caiarara podia atravessar o rio a pé.

– Agora os homens vão compreender que estão te maltratando, agora vai melhorar! – disse ele à terra.

Mas os homens não compreendiam nada. Maldiziam a terra, o clima, a Deus, mas não compreendiam. Somente fizeram represas para irrigar. A terra chorou porque não merecia tanta incompreensão. O vento passou sua mão impudica sobre a face dela, secou as lágrimas e tirou a pouca água que nela tinha penetrado.

– Deixe-me essa água – suplicou a terra.

O vento deu uma risada:

– Para quê? Se me deram caminho livre é para fazer o que me agrada.

– E os homens sabem o que você faz?

– Devem saber, mas como não se importam, por que você se importaria?

– Porque não aguento mais esse calor.

– Vai ter que aguentar muito mais ainda – respondeu o vento e sacudiu-a violentamente para poder retirar os últimos pinguinhos de água.

– Sem vergonha! – murmurou a terra, mas o vento não a ouviu ou, no mínimo, fingiu não ter ouvido.

Plantaram outro capim, e veio a cigarrinha – uma praga que suga a seiva das plantas – que o destruiu. Caiarara andava desolado pelos pastos. Lá, no chapadão, quase não havia mais nenhuma vegetação. Há oito anos, aqui, ainda havia mata virgem. Era o território da arara-vermelha. Agora havia areia branca à vista. Nem o babaçu se animava a crescer aqui. O miquinho foi ver de perto. A terra se alegrou.

– Oi miquinho, esta é a primeira alegria nos últimos dois anos.

Caiarara olhou assustado:

– Não está sentindo muito calor?

– Se estou! Já não tem mais plantas que se animam a crescer aqui. É calor demais, por causa de tanto sol.

– Antes, tinha menos sol? – quis saber Caiarara.

Parecia esquisito. O sol sempre estava no céu e brilhava, do mesmo jeito.

– Tinha menos sol. Com todo esse vapor de água e nuvens no ar que as árvores transpiravam, chegava muito menos luz solar até a mata. E sobre mim, nem pensar. Sobre a terra sempre havia uma sombra, e as árvores cresciam tanto porque procuravam a luz. Agora não precisam procurar mais, agora estão fugindo da luz – disse a terra.

O miquinho se sentou debaixo de uma jurubeba e olhou pensativo:

– Você está pior que eu. Eu ainda posso procurar sombra, você não pode.

– Sei que você está mal – retrucou a terra – Mas por que você não luta por um território seu? Agora já é adulto, está com topete na cabeça que mostra sua dignidade e sua força. Lute, miquinho, lute! – e Caiarara sentiu seu ânimo e sua força voltarem.

E nunca mais ninguém viu Caiarara. Somente ao nascer do sol se escutava um grito assobiado, um pouco rouco, como o soltam os miquinhos, assegurando a posse de seu território.

TATÁ, PEPE E GIGI
As três gotinhas de chuva

Tatá, Pepe e Gigi eram três gotinhas de chuva que tinham saído do mar e agora viajavam numa nuvem branca, vaporosa. Cantavam de alegria. Era um dia quente e as árvores da mata que cruzavam transpiravam para valer. Coitadas das árvores. Como sofrem no calor. O ar por cima delas tremia, tão úmido estava. E, de repente, a nuvem não pôde mais se sustentar. As gotinhas pararam de cantar e ficaram apreensivas. Aí, a nuvem gemeu:

– Não aguento mais, estou caindo...

As gotinhas se encolheram, se encolheram tanto que se tornaram gotas de água grandes e pesadas, e agora a queda era geral. Chovia.

Caíram nas árvores que, com suas copas verdes e folhudas, formavam um tipo de rede de proteção, como num circo, para os trapezistas não se machucarem caso caíssem. As gotinhas caíram bem macio, deslizaram rapidamente sobre dezenas de escorregadores que as folhas formavam até caírem novamente. Foi um susto tremendo. Mas, lá embaixo, as plantas esperavam com seus braços e folhas estendidas para recebê-las, deixando-as cair suavemente sobre um tapete grosso de folhas caídas que forravam o chão, a serapilheira. E agora?

– Olhem, Pepe e Gigi – gritou Tatá. – Aqui, embaixo, a terra está cheia de milhares de portinhas abertas. Vamos entrar para ver aonde chegamos.

E as três irmãzinhas se pegaram pelas mãos e entraram numa das portinhas que dava acesso a um túnel. Todas as gotinhas que caíram empurravam-se nas entradas dos túneis. Tinham muita pressa para entrar.

– Vamos ficar nos túneis maiores, é mais seguro – aconselhou Tatá.

Mas Gigi, que era a mais travessa, resolveu largar a mão da irmã e se enfiou num túnel menor. Encontrou uma raiz, que estava vasculhando o solo à procura de alimentos, e perguntou:

– Me diga, dona Raiz, para onde vão esses túneis?

– Isso são poros. Os grandes vão direto para o lago subterrâneo, que se chama também nível ou lençol freático.

– E os menores? – perguntou Gigi apreensiva – Aonde vão esses, como o daqui?

– Os menores, como este, não deixam as gotinhas sair. Seguram-nas até que aparece uma raiz que as absorva.

Gigi se assustou e quis se enfiar num buraquinho minúsculo para escapar da raiz. Mas a raiz riu.

– Destes, aqui, não tem mais saída. Aqui, você fica até que um dia a terra resseque tanto que você se evapora e possa fugir. Mas isso demora e, na mata, é muito difícil acontecer.

– Em que fria entrei! – Gigi tremeu.

– Não é tão ruim assim. Vou abrir uma portinha bem na minha ponta e você entra. Só não se assuste com a turbulência. Lá dentro existe um vácuo que vai lhe puxar violentamente para cima, a corrente transpiratória – a raiz consolou.

Como estava escuro lá dentro. Mas o pior foi que alguém tinha pulado sobre suas costas e se agarrava com toda força.

– Tira isso daqui – suplicou Gigi.

Mas a raiz deu uma gargalhada.

– Ora, deixei você entrar somente para carregar esses minerais, que são meus nutrientes, até as minhas folhas. Água é para isso mesmo.

– E depois?

– Depois a folha abre uma janelinha, o estômato, e você poderá sair e ir aonde quiser.

– Cair novamente na terra?

– Não bobinha, você sai como vapor e sobe para as nuvens. Gostou?

– Gostei – Gigi carregou o mineral, obedientemente, para onde a raiz a mandara. Era o mineral cálcio, que depende dessa corrente transpiratória para ser absorvido pelas plantas, mas precisa estar na ponta das raízes.

Pepe e Tatá corriam, cada vez mais lentamente, pelos sinuosos túneis. Será que não tem fim? Mas, de repente, escutaram risadas, e sem tempo para pensar, caíram num tipo de lago subterrâneo, o nível freático. Todas, desprevenidas, foram pegas por uma correnteza e, sem saber como, chegaram a uma portinha onde todos se acotovelavam para sair.

– Que é isso, aonde vai? – perguntou Pepe.

– Para uma vertente ou nascente.

Aqui nascia um pequeno corregozinho, e a multidão de gotinhas que saía respirava novamente ar fresco, enxergava o sol através das folhas de árvores e escutava os passarinhos a cantar. Que alegria! E com gritos e risadas, correram todas juntas até um riacho maior, onde se juntavam cada vez mais corregozinhos. E o riacho ficou cada vez maior, até que não deu mais para ver as margens.

– Que monstro – suspirou Tatá.

– Monstro, não – protestaram as bilhões e quadrilhões de gotas de chuva que corriam ou fluíam aqui, ou melhor, eram arrastadas pela multidão de gotas puxadas pela força da gravidade da Terra.

– Isso é um rio. Nós somos um rio! – E o rio ficou cada vez maior e embarcações navegavam em suas águas, e portos guarneciam suas margens e, finalmente, o rio se lançou, com um grito de alegria, ao mar.

– O mar, estamos em casa – jubilaram Pepe e Tatá. Mas uma nuvenzinha navegava lá em cima e alguém acenava e gritava:

– Venham para cá, aqui é mais gostoso!

Era Gigi que já tinha chegado antes.

E Pepe e Tatá se deitaram bem na superfície do mar para pegar muito sol, até ficarem quentes, leves e vaporosas e poderem voar à nuvem, onde Gigi as recebeu acenando freneticamente.

– Que tal? viajamos outra vez? – perguntou.

– Viajamos – gritaram as irmãzinhas. Mas tinham se passado anos até iniciarem esta segunda viagem. E quando chegaram onde antes havia uma mata, não encontraram mais árvores, somente pastos e campos arados e plantações, estradas e povoados.

– Ué, por isso não esperava – disse Gigi muito desapontada.

E a nuvem ficou cada vez maior e mais pesada, mas o ar não brincava mais com ela, somente empurrou-a violentamente para cima. E em lugar de descer, voava cada vez mais alto. Os homens olhavam para a nuvem:

– Será que vai chover?

Mas nada! O ar quente que fugiu desesperadamente da terra aquecida, não deixava a nuvem descer.

– Pare, pare! – gritou Pepe, mas o ar, quente e furioso, não se importava.

– O que posso fazer? – disse ele. – Estou fugindo da terra que está tão quente que dá para fritar um ovo, e se vocês cruzarem o meu caminho, terei que empurrá-las para fora.

– E os homens e as plantas? – quis saber Gigi.

– Foram os homens que tiraram as árvores que me faziam suave e carinhoso. Agora que aguentem!

– Não tem mais jeito – gemiam os homens e não compreendiam que eram eles os responsáveis. Mas, finalmente, a nuvem ficou tão pesada que caiu assim mesmo, apesar de toda violência do ar que subia. Foi um toró, um temporal, horrível. Gigi, Tatá e Pepe se seguraram pelas mãos e rezavam:

– Oh, bom Deus, protegei-nos.

Não existia mais a rede verde de folhas para amenizar a queda. Nem a camada de folhas secas sobre a terra. Caíram com toda força sobre a terra nua. Era pavoroso. Um grito de dor, e as gotinhas se espatifaram em dezenas de gotículas minúsculas. A terra golpeada clamou em altos brados. Destruíram suas portinhas, lançando para longe os pedaços da terra, separando areia e argila, obstruindo os túneis. As gotinhas de chuva tentaram refazer-se. Machucadas e misturadas à areia e à argila procuraram em vão por alguma entrada na terra. Elas não existiam mais. Era tudo um caos.

– Vamos embora, rápido, rápido – gritavam.

– Não tem mais jeito.

– Para onde vamos? – soluçou Pepe.

– Aqui, com as outras, morro abaixo – bradou Tatá.

– Não tem mais caminho.

Na fuga cega, arrastaram terra, sementes, plantas, cavaram sulcos e valetas, fugiam, fugiam... Era a erosão. A água escura e lamacenta chegou numa vala.

– Que é isso? – perguntou Gigi.

– Era um rio – disse uma gotinha que corria ao lado.

– Mas onde está a água cristalina, abundante, os córregos, os riachos? Onde estão as embarcações e os navios? – quis saber Pepe.

– Isso já era – disse uma raposa que recolheu rapidamente seus filhotes.

– Agora, somente tem água quando chove.

De todos os lados se precipitavam as gotinhas de chuva nessa vala, machucadas, enlameadas, apavoradas.

– Corram, corram – gritavam.

– Vamos para o mar, aqui não tem mais jeito.

Vieram tantas gotinhas que não tinha mais lugar no leito do antigo rio.

– Enchente, enchente – gritavam os homens quando as gotinhas transbordaram, inundando os campos e correndo ao lado pela margem do rio. Veio a defesa civil, os bombeiros e as forças armadas para o salvamento.

– Que castigo de Deus, que flagelo!

As gotinhas de chuva se entreolhavam.

– Como esses homens são burros. Destroem tudo, de modo que não podemos mais entrar na terra, e agora, culpam a Deus porque vamos embora. Foram eles que nos deixaram nesta miséria! E mesmo assim eles reclamam! Foram eles que nos expulsaram de seus lotes urbanos e rurais.

Todas começaram a gritar:

– Burros! burros!

Gigi olhou para trás e sentiu pena das plantas que, apesar da chuva, iriam ficar sem água, porque somente a água que entra na terra rega as raízes. E quem iria transportar os nutrientes delas?

– O que as plantas vão fazer? – perguntou.

– Morrer de sede, numa seca danada – disse Tatá triste.

– Mas vamos correr para que termine nosso suplício.

E o mar as recebeu com tremenda pena.

– Coitadas, que viagem desastrada!

E Tatá, Pepe e Gigi se lançaram nos braços da mãe-oceano, chorando desesperadamente.

– Por que os homens fizeram isso, por que, por que, por quê?

O TIETÊ

Vagarosamente, correm as águas do Tietê. Estas águas que levaram os bandeirantes continente a dentro, na conquista do território brasileiro. Cada vez que as pequenas ondas pulavam sobre uma pedra, elas se sobressaltavam e os peixinhos se assustavam, pondo a cabeça fora da água para ver o que acontecia.

Os últimos raios de sol brilhavam em milhões de pequenos espelhos que as ondas formavam, e a água límpida parecia feita de translúcidos cristais. Ela se expandia um pouco e carinhosamente roçava a terra nas beiras do leito, num afago suave. Uma tropinha de gado bovino desce para beber. As árvores estendiam seus galhos sobre as águas para que as folhas pudessem se mirar. E, se uma fosse muito travessa, caía do galho, mas depois as ondinhas faziam festa, balançando a folha como num berço.

Onde passa o Tietê os campos e os pastos valem mais. Ele rega as terras, abastece os poços, faz as plantas crescerem e fornece água ao gado e às povoações. Terra e água formam uma grande "Unidade da Vida".

Uma piracema sobe, e a terra começa a rir.

– Por que você acha isso engraçado? – quer saber o Tietê.

A terra se desculpa:

– É que pensei como a vida é esquisita. Você desce e os peixes sobem para desovar em algum riacho. Você se orgulha de ficar cada vez maior e eles acham que você é grande demais para criarem seus filhos.

O rio se sacudiu respingando água por todos os lados, molhando a terra, e disse:

– Isso é somente para colonizar e povoar todas as águas. Se os peixes também descessem, ao fim haveria peixes somente no mar. E de onde os riachos os receberiam?

Uma traíra bate o rabo e, velozmente, persegue algum cardume de lambaris, que tenta escapar da confusão. Umas piranhas esperam no fundo do rio para que algum animal avance demais e elas possam pegá-lo. Pode ser gente desprevenida, também. A água do Tietê envolve a todos no pega-pega de presas e predadores, até os poraquês que ninguém gosta porque encostam traiçoeiramente nos outros, como se quisessem contar algum segredo, mas na verdade, só querem dar um choque elétrico paralisante, para depois devorá-los. Um peixe-chorão grita alto porque se assustou, mas ninguém dá atenção. Sabem que chora à toa.

A noite cai. Os veados vêm para beber água e os morcegos aparecem para tomar banho. Em voo rasante, tocam a superfície da água que respinga para todos os lados e, no outro instante, já estão novamente no alto, sacudindo uma chuva de gotinhas de seus pelos. O Tietê gosta deles porque são caçadores eficazes de pernilongos e mariposas, impedindo assim que estes infernizem as noites quietas do beira-rio. Com seus gritos agudos em ultrassom, iguais a um radar, localizam sua presa, e, em frações de segundos após o som refletido, ao voltar para o morcego, este se precipita sobre sua vítima. É algo fascinante e todos param para assistir a esse espetáculo noturno. Só os homens, em suas choupanas na beira do rio, não acham graça dos morcegos, e, para que estes não entrem em suas casas, penduram no centro um rabo de ariranha. Aí os morcegos ficam loucos da vida porque os pelos do rabo captam e absorvem o som que agora não volta, não reflete mais. Além dos morcegos que comem insetos, há aqueles que polinizam flores e que comem frutinhas; e há aqueles que chupam sangue. A onça pintada também não gosta dos morcegos por passarem perto demais de sua cabeça e, apesar de toda sua destreza, nunca ter conseguido abater um. E isso a irrita.

As estrelas brilham no céu escuro e cintilam nas águas inquietas num jogo de luz e sombras que faria inveja a qualquer produtor de espetáculos. Ouve-se o chapinhar das ondas num barco que, silenciosamente, desce o rio. Os pescadores arrastam sua rede.

– Enquanto não pescam com bombas, não tenho nada contra – disse o rio Tietê ao ouvir o grito indignado das árvores – É viver e deixar viver!

Numa baía, uns homens jogam umas folhagens amassadas na água. E o Tietê se irrita.

– Pescar com timbó é safadeza. Pesquem honestamente!

O veneno atordoante logo faz efeito. Uma porção de peixes boia na superfície com as barrigas para cima, como se estivessem mortos. Os homens entram na água, apanham os maiores e deixam os menores para que acordem mais tarde de seu atordoamento.

O rio Sorocaba se precipita no Tietê. Rindo e borbulhando, as águas se abraçam. Conta de algodoais e de cafezais e traz os flocos leves de flores de flamboyant. O encontro com o rio Piracicaba é mais alegre ainda. Conta de laranjais e traz uma carga de pétalas brancas, que o vento lhe trouxe.

– E por que o vento as arrancou? – quis saber o Tietê.

Mas isso o Piracicaba ignorava, nem o queria saber por que gostava desta carga macia e cheirosa. Embalou as pétalas e sussurrou baixinho uma canção de ninar:

> Balancem filhas das flores
> Abaixo do estelar,
> E sonhem de luz e amores
> Ao ouvir meu chapinhar.

E as ondas se balançavam fazendo chap-chap-chap.

Mas as cidades cresceram e a vida mudou. Jogavam mais e mais esgotos no Tietê, no Sorocaba e no Piracicaba, esgotos de casas, de fábricas, de ruas. Os peixes sumiam, um por um, e o Tietê sentiu que as águas se modificavam.

Em São Paulo, nos sábados e domingos já não vinham mais pescadores, que antes sentavam pacientemente nas beiradas lançando seus anzóis. As águas antes claras e límpidas, tornaram-se turvas, viscosas e fétidas. Uma manada de bois, que desceu para beber, experimentou a água e voltou. Não dá mais! Isso não é mais água.

– O que é então? – quis saber o Tietê.

– Não sei, mas não dá mais para beber – disse uma vaca.

E um veado que, louco de sede, mesmo assim bebeu, ficou com cólicas horríveis e morreu. As piracemas não subiam mais. Fugiram para o rio Paraná. Mas o plâncton ainda fazia festa e se multiplicava como nunca.

– Para que se multiplica, se não tem mais peixes para te comerem? – perguntou o Tietê.

– Não sei, é que existe tanta coisa na água, como fosfato e nitrato, que me faz crescer!

Porém, não demorou e chegou o dia em que o plâncton também morreu. Chorava e gemia, e finalmente, se entregou. As águas ficaram cada vez mais escuras, mais espessas, e houve infiltração de uma coisa venenosa, que matava tudo. A terra, que gostava do afago do Tietê, se encolhia quando ele passava.

– Não me toque, por favor, você está imundo – disse ela cheia de nojo.

Era doloroso. Os bagres e dourados, os tabaranas, as piramboias e mesmo as piranhas tinham sumido. O Tietê andava sozinho. Nenhum morcego vinha mais para tomar banho, nenhuma onça quis beber água. Todos se afastavam. E o Sorocaba e o Piracicaba também não traziam mais águas limpas, mas sujas, grossas e fedorentas. E, um dia, o Tietê ouviu quando um homem disse:

– Estes campos não valem nada, porque aqui passa o Tietê.

O Tietê ficou imensamente triste e o desespero tomou conta dele.

– Não tenho culpa que despejam em mim todos estes caldos malcheirosos e venenosos.

Uma capivara, ao escutar isso, perguntou:

– Você acha que ainda leva água? Coitado, isso é puro esgoto.

O Tietê se revoltou:

– Não sou esgoto, sou um rio! – gritou ele com raiva e agitava suas águas violentamente para mostrar que ainda tinha ondas. Mas o grito se abafou debaixo de uma camada grossa de espuma branca que se formou. E os flocos da espuma o vento levou, rindo e zombando.

– Quem quer flocos do Tietê? – perguntou, varrendo a espuma sobre as ruas e casas.

– É impossível morar perto dessa cloaca! – diziam os homens.

– Cloaca, como? Sou o rio Tietê. Não se lembram de quando pescavam nas minhas águas aos domingos?

Os homens se viravam e não davam resposta alguma. O Tietê olhou para o céu:

– Não quer me ajudar?

Mas lá em cima já não brilhavam mais estrelas. O céu estava encoberto por uma bruma seca e densa, em que se refletiam as luzes vermelhas dos letreiros de publicidade. Era o ar poluído por gases, fumaça e particulados. O ar soluçou desoladamente e disse:

– Acabaram comigo, veja só a sujeira! – e o Tietê se assustou.

– Mas não é que todos necessitam respirar ar limpo para poder viver?

– Também acreditei nisso, mas agora não acredito mais. Acredito que o homem necessita de sujeira para respirar e esgoto para beber, após o clarificarem um pouco. E isso, que achávamos que fosse a coroa da criação agora se revelou, são simples coprófagos, comedores de bosta.

– Que nojo – diziam algumas gotinhas de orvalho que escorriam sobre uma folha grudenta e empoeirada – Este é o ambiente que o homem preparou para viver. Nunca vimos bicho que gostasse tanto de sujeira. Até a produzem em fábricas para poder sujar tudo, absolutamente tudo.

As chuvas vieram.

– Agora vou ficar limpo novamente.

O Tietê suspirou de alívio. Mas a chuva não limpou suas águas, somente o fez inundar ruas e casas que ficaram cheias de um lodo grudento.

– Nunca inundei nada – chorou o Tietê.

– Mas, agora, inunda! – grasnou um urubu que estava prestes a mudar com toda a família. – A cidade cresceu e toda água é canalizada para o seu leito. Tire de sua cabeça que é um rio. É simplesmente esgoto! – e se foi com seu riso rouco e antipático.

E um pombo branco, que deveria ser o símbolo da paz e cujo ninho foi arrastado pela enchente, gritou furioso:

– Além do mais, é um esgoto malfeito! Onde se viu inundar tudo?

– Não sou eu – soluçou o Tietê.

– Sei que não é você. Você morreu faz tempo. É seu cadáver que apodrece e estoura – vociferou o pombo, desesperado porque perdeu todos seus filhotes.

– Vou para os campos, lá nos campos deve ser melhor. Lá ainda tem ar límpido, sol e vento. Lá vou sarar, pensou o Tietê.

Mas os campos estavam cobertos com culturas, sempre somente de uma espécie. Milhões de plantas da mesma espécie. E como se incomodavam mutuamente, igual a frangos confinados numa granja, ficavam doentes. E os homens as pulverizavam com uma neblina malcheirosa. E o que escorria para o leito do Tietê fê-lo arrepiar-se. Era o mais forte veneno.

Uma criança, que pôs a mão no rio para apanhar uma folha que ali boiava, se intoxicou e morreu. E uma gralha crocitou:

– É isso mesmo. Você não dá mais vida, você dá somente morte.

– E os poços que abasteço?

– Os poços são venenosos como você, e as vertentes jorram veneno, e o que os tanques e açudes armazenam é veneno.

Aí o Tietê chorou. Não trazia mais vida para ninguém. Não era mais rio vivo, estava morto. Só não podia compreender por que ainda corria no seu leito antigo, onde uma vez vivera, pulara e agradara. Perguntou à terra o que achava, mas esta somente gritava:

– Fique longe de mim com seu hálito horrível. Não dá para aguentar.

Então o Tietê sabia que estava morto, morto mesmo, e tudo o que restava dele era somente o nome marcado num mapa. Um monumento ridículo em lembrança do que era uma vez o rio Tietê.

A CONVENÇÃO DOS VENTOS

No Palácio de Convenções dos ventos reinava um movimento fora do comum. Era a reunião anual. Primeiro chegaram os ventos Alísios. Eram ventos orgulhosos que podiam se dar ao luxo de mover-se vagarosamente. Fingiam não saber de seus filhos violentos, dos tornados e furacões, ou hurricanes, como os chamavam no hemisfério Norte, e que, de vez em quando, causavam grande devastação para desdizer o jeito pacífico da família.

Em seguida entraram as monções, dois irmãos queridos e temidos, sempre namorando com as brisas, mas nunca pensando em algo mais sério.

– Cabeça de vento – diziam as brisas, e as monções riam por não achar nada de ruim nisso.

De repente se escutava a barulhenta chegada da multidão dos ventos simples, dos ventos locais, que uivavam e assobiavam, cantavam e sopravam como fazem todos os que não são muita coisa, mas que querem chamar a atenção. À frente vinham os rapazes glaciais e gélidos, um bando louco, liderados pela Borá e o Minuano que até chegavam a gelar o sorriso benevolente dos Alísios. Rebolando e uivando seguia o Föhn, que chegou com os ventos frios, mas depois, na descida das montanhas, se aqueceu tanto que ficou quente. Ninguém se apavorou em vê-los. Mas quando entrou o Sirocco ou Simoom, com seu calor violento e seco, carregado de poeira, todos ficaram quietos e arrepiados. O Simoom retorceu o rosto para um sorriso, porque sabia do seu poder. Ele dominava todo o deserto do Saara e não somente evitava que se tornasse outra vez paisagem fértil, mas ainda o fazia avançar ano por ano, engolindo paisagens férteis.

– O que o vento tomou, nunca devolve mais! – costumava dizer.

A turma do dust-bowls ou tornados de poeira também apareceu, embora não tivesse sido convidada. Não eram ventos, mas somente ar quente que se elevava com muita força e velocidade. Queriam apenas se gabar. Ninguém os olhava. Por isso giravam e rodopiavam e jogavam poeira na cara dos outros mais forte que os redemoinhos e os redemoinhos de fogo, até que o terrível Tornado deu fim a esta folia. Aí, eles ficaram quietos e tímidos e quase se arrependeram de terem vindo.

Os Alísios eram polidos demais para falar alto. Mas, mesmo assim, todos repararam na profunda satisfação com que comunicaram sua marcha vitoriosa sobre a Amazônia. Acabou-se a famosa zona de calmaria onde ninguém podia entrar. Antes a mata estava vedada aos ventos. Lá reinava a mais profunda calmaria. Nenhuma folha se movia ou farfalhava. Tudo era quieto. Agora, com as derrubadas, puderam entrar. E como varriam a região! Até com fúria, porque uma região vedada durante tanto tempo tinha que sofrer a ação dobrada dos ventos. O Simoom se interessou.

– Vão criar deserto?

O Alísio o olhou com desprezo:

– Por enquanto não. Nem pensamos em ceder essa região tão cedo.

O Simoom deu uma gargalhada.

– Isso não depende de vocês, depende dos homens e da velocidade com que derrubam a mata. Com herbicidas desfolhantes e lança-chamas vai mais rápido do que com motosserras e fogo.

Agora os dust-bowls, que sempre causavam tempestades de pó, se aglomeraram ao redor do Simoom.

– Estamos contigo – uivaram. – Desprezam-nos entre os ventos, mas conseguimos levar a terra e as plantações até 100 km de distância e cobrimos tudo, campos e cidades, com a terra. Depois, aparece o deserto.

O Simoom olhou-os com simpatia.

– Sei que não são tão fortes como eu e também não têm meu sistema, mas que produzem semidesertos, produzem. Gurizada eficiente!

Os dust-bowls, ficaram radiantes.

O Tornado (um tipo de ciclone muito mais forte, que atua em área mais restrita) fez soar sua voz. Relâmpagos e trovões o acompanhavam. Nunca andava sozinho e as chuvas torrenciais viajavam em seu séquito. Hoje, somente apareciam sombrios no fundo do salão.

– Avancei bem nos últimos anos. Vocês sabem que dependo de regiões onde a terra aquece muito. E isso, com todas essas culturas limpas por herbicidas, não falta agora. Mas também depende do ar gelado que avança dos polos. Desde que a mata sumiu, para os homens poderem abrir "novas fronteiras agrícolas" não há mais ninguém que possa deter as frentes frias que antes eram esquentadas pelas matas. Agora, avançam até regiões que antes nunca viram o frio.

Os Alísios riem:

– Claro, em toda parte ocorre o mesmo. Tem geadas e gelo em regiões subtropicais e tropicais. Matas dissipavam as frentes frias. Mas agora...

Alguém ri baixinho.

– Que chuva de pedras formidável ocorreu outro dia no Sul do Paraná. Foi um sucesso! Aí, meio metro de gelo caiu em 20 minutos. O Tornado está satisfeito.

Antes somente tinha caminho livre nos EUA, mas agora também em grandes partes do Brasil.

– Meu império aumentou muito!

O Minuano deu uma voltinha na sala uivando:

– Todos ajudam! – diz ele orgulhoso – Como eu gosto de frentes frias!

De repente, chamam o Ciclone ao telefone.

– Tenho que sair – comunicou ele – Vai haver uma dança bonita.

Antes os *hurricanes* somente existiam no hemisfério Norte, mas agora os homens trabalham bem. Já abriram o território para os ciclones no Brasil: no Rio Grande do Sul, São Paulo, Minas Gerais, Mato Grosso e Paraná. Quem deveria receber uma ordem de honra ao mérito são os homens que derrubaram a última árvore. Com machado e fogo, se abre o caminho ao vento. O Ciclone riu.

– Para onde vai?

– Santa Catarina e Paraná! – disse ele, e lá se foi.

Os Alísios eram ventos nobres e não gostavam desta demonstração de violência em público. Um moleque destes tem a coragem de dizer:

– Sou ciclone e vou fazer miséria! – porque todos sabiam qual era a dança deles, e isto fugia ao gosto da família.

– Desculpe, mas vocês estão indignados, por quê? Porque o rapaz disse que vai fazer alguns telhados dançarem além de arrancar árvores e derrubar barracos e galpões? A culpa não é dele. A culpa é dos que acabam com a paisagem. Pensa que sinto alguma culpa quando mato algumas dezenas de pessoas? Jeito algum. Quem foi que derrubou a mata, quem foi que cortou as árvores, quem depenou a terra? Não fui eu! – disse o terrível Tornado.

E a brisinha disse timidamente:

– Pois é, e sabem que o governo dos homens ainda paga para este serviço de derrubada da mata? Ele dá... como se chama isso? Subsídios.

– Correto, então devem gostar disso, de tempestades, tornados, granizos, enchentes e secas.

– Não sei se gostam, porque depois cobram imposto de calamidade pública. Isto é, para pagar os prejuízos causados pelas enchentes, secas e tornados.

Telex para o Tornado! O terrível lê e dá uma forte gargalhada, que parece o estrondo de uma grande explosão.

– Prepararam uma festinha lá no Triângulo Mineiro e Sul do Mato Grosso. Mas para eu sair daqui é pouca coisa. Vou mandar meu filho Terri.

O rapaz está radiante:

– Gracias, paizinho, não vou fazer feio!

E lá se foi ele com todo séquito de relâmpagos, trovões e aguaceiros.

– Bom rapaz! – disse satisfeito o terrível Tornado. E depois ligou seu radinho para poder acompanhar a jornada.

"Ventos de 220 km por hora", disse o repórter. O Tornado está satisfeito e fala com Terri através de seu radiofone. Mas, depois, observa:

– Já devia ter posto em ação o trovão e os torós. Está esperando o quê?

– Espere um pouco, minha estratégia é boa.

Passam mais alguns minutos e depois parou o rádio. Um rádio amador comunica: Não tem mais luz, nem rádio, nem telefone, está tudo derrubado. As chuvas inundaram os bairros baixos da cidade...

casas ruíram... telhados voaram, árvores arrancadas nas ruas, carros empilhados, colheitas destruídas... conta-se com 300 mortos e mais de 100 mil desabrigados. As estradas estão bloqueadas, estamos isolados, é o caos, é um estado de calamidade pública!

Terri voltou sujo, ofegante e radiante.

– Que acha, não foi um serviço bem feito?

Todos os ventos se silenciaram enquanto o terrível Tornado abraça seu filho.

Os Alísios estão chocados.

– Vento precisa chegar a uma ação destas?

Ninguém responde. Finalmente, a vozinha de uma Brisa:

– O governo brasileiro não paga para isso?

– Paga para o quê? Para que ocorra essa destruição?

Embora não tivessem sido convidados, os *dust-bowls* gritam:

– Paga para preparar o terreno para que o Tornado possa agir!

– Justo. Não aparecemos porque somos ruins, mas porque somos forçados a aparecer. Com a terra quente, o ar chega a subir a 600 km por hora – disse Terri. É o ar quente que tenta desesperadamente se livrar daquele calor infernal.

– Até 800 km por hora – disse o Tornado – O ar frio que avança e que ninguém mais detém... então esperam o quê?

E o Simoom dá uma risada:

– Esperam arrancar o diabo do inferno... Mas como não acreditam mais em inferno, convocam o Tornado para que ele dê uma beliscada nesta maravilhosa civilização dos homens com sua supertecnologia da morte, dizendo que é da vida.

Agora é o painel das Brisas, anuncia o alto-falante. As Brisas se cutucam, empurram e vão para a mesa.

– Vocês fazem o quê? Somente secar a testa suada dos homens? – pergunta a Monção.

– Credo – diz a Brisa Lúcia.

– Namorou tanto tempo as Brisas e não sabe o que fazem, atualmente.

Depois Lúcia prepara os *slides*.

– Os homens são bichos sem lógica e raciocínio. Tiraram todos os capõezinhos e alamedas e faixas de árvores para poder mecanizar melhor. É a agroindústria, sem arbusto, sem árvore, somente com muitas e muitas máquinas pesadas. E desde que há os polos centro do Cerrado piorou mais ainda. Estão vendo, aqui, enormes áreas plantadas com monocultura de soja? Nós varremos a paisagem somente com 3 a 4 km por hora, uma velocidade mínima que parece um afago. Mansinhas e agradáveis, levamos a umidade que as folhas transpiram. Somos ótimas mãos-leves. As folhas nem acionam o mecanismo de fechamento dos estômatos, como acontece quando passam os ventos. Nem se dão conta de que existimos. Também levamos a umidade que a terra evapora, secamos os campos, as culturas, fazemos sumir a água de irrigação do pivô-central e de chuvas mansas. Parece carícia, afago, carinho, mas trazemos a seca. Sem Brisas constantes haveria muito menos seca. As culturas produzem somente a metade ou um terço do que poderiam produzir. As pastagens secam, o gado morre, o povo é faminto e miserável...

O Simoom do deserto Saara levantou e tirou seu chapéu.

– Meu respeito profundo. Com mãozinhas de pelúcia matam tudo. Vou casar com você, Lúcia, nós daríamos um casal perfeito.

Lúcia olha surpresa:

– Para quê? Lá no deserto já não tem mais nada, nem plantas nem água e as tribos de homens que vivem lá são de outra estirpe do que as motomecanizadas das agroindústrias.

Minuano, o vento frio do Rio Grande do Sul, ri:

– Tem razão, mas mesmo assim tem alguns que plantam quebra-ventos que dificultam seu caminho e lhe reduzem a eficiência.

A brisa Alcira retruca:

– Pois não. Não somente fazem faixas de árvores, mas também plantam cana-de-açúcar ou capim-napier ou milho, cortando nosso caminho. É ridículo, mas impede nossa ação danosa.

As Monções, moderadores deste painel, queriam saber:

– Me digam, antigamente as brisas não eram benéficas? Por que atualmente só fazem estragos?

A brisa não sabia a resposta, porque era jovem demais. Mas o patriarca dos Alísios levantou e disse:

– Pois bem, o clima, a paisagem, os ventos e todas as plantas que crescem devem estar em equilíbrio. Constituem um ciclo em que um é responsável pelo outro, um provoca o outro, ajuda o outro. Como numa máquina perfeita, em harmonia e com máxima eficiência. Atualmente, a máquina perfeita está quebrada, a paisagem destruída, o clima alterado, nada mais se ajusta ao outro. Não existe mais harmonia nem equilíbrio. Entraram na espiral da destruição como entraram na espiral da inflação. E tudo aquilo que alguns de nós fizermos somente trará ainda mais destruição. Seguimos a lei da entropia. Antes governava a sintropia.

O terrível Tornado, que tinha tirado uma soneca, agora se espichou e observou:

– Até as Brisinhas, que antes somente refrescavam e não tinham nada a contar a não ser suas obras boas, agora já contribuem para a desgraça deste Globo Terrestre.

– E até quando? – quis saber um ciclone.

– Até que o diabo os carregue! – gritaram os diabretes de *dust-bowls*.

– Quem?

– Os homens, naturalmente.

– E por que fazem isso? – quis saber o Föhn.

O velho Alísio disse triste:

– Porque entronaram um deus cruel e sanguinolento, o DINHEIRO, que exige que tudo, inclusive toda natureza, seja monetarizada e transformada em dinheiro, e que eles representam na forma de pedacinhos de papel estampado.

As Brisas se apavoraram:

– É isso que eles adoram? Coitados! Até nós podemos arrastar um deus destes.

– Como são ignorantes esses homens.

O GRÃO DE TRIGO

Um grãozinho de trigo caiu sobre a terra, separado dos irmãos, sozinho e abandonado. Nenhum armazém protetor, nenhum irmão ali existia para uma folia alegre, nenhuma segurança e bem-estar. Sozinho, jazia na terra úmida, tremendo de medo. Um besouro grande e cascudo apareceu. Será que iria comê-lo? O besouro riu.

– Não como trigo, sou "coprófago", vivo de excrementos de animais.

– Que horror! – se apavorou o grão de trigo.

O besouro não se incomodou.

– Por quê? – ele perguntou – Cada um de nós vive segundo a programação que o nosso Criador nos deu. E, se cumpro minha missão, posso ser tão orgulhoso quanto você. Já pensou se ninguém devorasse excrementos? O mundo seria inabitável.

Tudo isso era demais para o grão de trigo.

– E eu? – quis saber ele – Você é tão inteligente e tem tanta experiência, então me conta quem sou eu, aqui nesse campo?

– Olhe, – disse o besouro – você não é nada. É somente um pontinho com a capacidade de captar vida e de germinar. E, para que você faça isso e saiba como deverá fazê-lo, carrega junto um computadorzinho ultraminúsculo com seu padrão genético (o projeto ou programa de construção e trabalho) e um pacotinho de ração de emergência (tecido de reserva).

– É a era da informática, da nanotecnologia? – o grãozinho quis saber.

– Para Deus, a informática e o *software* sempre existiram. Somente os homens descobriram-nos agora.

Apavorado o grão de trigo começou a chorar:

– A água está me molhando, está penetrando no meu corpo. Estou inchando! Oh, meu Deus, eu vou arrebentar!

O cascudo o observou gravemente.

– Sei! Você vai inchar até estourar –retrucou ele secamente.

– E depois?

– Depois, você vai formar uma plantinha de trigo como programado: alta, linda, com quatro ou cinco colmos, com espigas graúdas cheias de grãos de trigo, iguais a você.

– E para que serve então meu computadorzinho, se tudo já está preestabelecido?

– Bem, você é geneticamente programado, como os homens dizem. Mas entre a programação e a realidade, às vezes, tem uma diferença muito grande. Especialmente a terra deve estar em concordância com sua programação e conter o que você vai precisar para crescer, desenvolver, frutificar e maturar. Mas se a terra for arenosa, como esta aqui, pode haver problemas – ponderou o besouro.

– E se ela não tiver tudo que eu preciso?

– Então seu computador tem seu programa alternativo. Só que você não vai poder formar todas as substâncias que poderia ter formado; pode ser levado a fazer frutos menores ou amadurecer mais cedo, não se preocupe.

Nesse instante, o grãozinho deu um grito de susto, porque seu computador começou a trabalhar. Precisou os dados para seu programa. Em velocidade alucinante, fez a análise química da água que penetrou no grão e depois perguntou:

– Tem nitrogênio?

– Tem, até está sobrando.

– Então pode crescer à vontade. Tem fósforo?

– Tem.

– Ótimo! Não haverá problema com a energia.

– Tem potássio?

– Tem suficiente, mas está sendo prejudicado na sua absorção pelo nitrogênio. Formar mais fécula e menos proteínas e cortar substancialmente o glúten – foi o veredito do computador.

– Tem cálcio?

– Mais ou menos – o computador resolve rapidamente: – Então terá que diminuir o número de flores férteis.

– Tem cobre?

– Pouco.

– Então terá que formar espigas menores.

– Tem magnésio?

– Pouco.

– Formar somente a primeira espiga e deixar as outras de lado e atrasar um pouco a maturação.

– Tem Manganês?

– Pouco.

– Produzir menos substâncias aromáticas – resolve o computador.

– Tem boro?

– Muito pouco.

– Então tem que diminuir as raízes.

– Tem zinco?

– Quase nada.

– Diminuir o tamanho das espigas.

E assim foi e todo o programa foi alterado. O grão de trigo acompanhou tudo, sempre mais apavorado.

– Oh, meu Deus, que será de mim? Os homens nos prometeram adubar, enriquecer a terra e fornecer tudo que necessitasse...

O besouro riu.

– Conheço isso. Eles fazem isso a sua maneira. Jogam sua famosa fórmula de NPK ou seja, os três primeiros nutrientes: Nitrogênio, Potássio e Fósforo; e o resto simplesmente esquecem.

– Mas por quê?

– Porque a maior parte dos nutrientes essenciais são necessários em quantidades muito pequenas. Aí, eles acham que são dispensáveis, porque não sabem que estes nutrientes são muito poderosos e, por isso, é necessário tão pouco deles.

– Mas, pelo que o computador disse, nada é dispensável – Soluçou o grão de trigo.

– Sei que não. Existem substâncias como os venenos de cobra onde uma gotinha mata um cavalo, ou os agrotóxicos onde um litro pode matar toda vida animal num hectare. São substâncias poderosas. O poder não está na quantidade.

– Mas como fico agora?

O besouro olhou o grãozinho inchado com bastante pena e disse:

– Agora você vai dar uma planta fraca, muito fraca, porque será um ser carente. Vão chegar fungos e pulgões, e se aproveitarão disso, tentarão sugar sua seiva, que é seu sangue.

O grãozinho de trigo nem pôde mais chorar de tanto desespero:

– Mas os homens que me plantaram não vão me ajudar?

– Vão. Vão lhe irrigar para compensar suas raízes pequenas, vão lhe dar mais nitrogênio e para afugentar os parasitas vão lhe banhar em veneno. Enfim, vão lhe defender para você formar espigas e grãos. E assim esperam produzir novas supersafras.

– E o veneno com que me banharão?

– Bem, destes vão ficar resíduos. Mas não se preocupe, ainda passarão mais veneno por cima de seus filhos, dos grãos que produzirá, para que estes não carunchem, porque também eles serão fracos.

– Então – gaguejou o grãozinho – meus descendentes serão fracos, deficientes e cheios de veneno?

– Justamente!

E o grãozinho de trigo começou a chorar amargamente. Acabou seu sonho de se tornar uma planta forte e saudável com muitos colmos e espigas grandes, produzindo grãos sadios que alimentariam e fortaleceriam os que os comessem. Agora sua produção não terá mais muito valor nutritivo, terá pouco poder de panificação... Ninguém que comerá seu grão será forte e bem nutrido. Tudo, tudo acabou.

– Por que os homens me enganaram, por que agem assim, por que, por quê?

E, nesse momento, o grão de trigo arrebentou e um broto pálido apareceu e entrou na terra.

SENHOR DONA ALICE

O túnel na terra era escuro, mas bastante cômodo. Era rebocado com uma massa viscosa que tornava as paredes duras e estáveis. De vez em quando, ele forquilhava para dar acesso a uma gruta espaçosa, cujo chão e paredes eram revestidas caprichosamente com pedrinhas. Aqui morava dona Alice, uma minhoca da nobre tribo dos Enchytraideos. Tinha trazido as pedrinhas, uma por uma, da superfície para arrematar seus quartos, onde descansava e dormia. Agora mesmo, estava repousando numa de suas salas lendo o noticiário das minhocas. Achou um absurdo que estavam importando minhocas da família das Eisenia para criação de rãs. Era uma família vagabunda, que vivia quase que exclusivamente de esterco de gado, crescia rápido e praticamente não cavava túneis e casas. Mas, finalmente, recebia o que merecia. Era criada somente para ser jogada como comida às rãs que as devoravam. Dona Alice sentiu um arrepio, porque era um sistema bastante cruel. Outra notícia dizia que um professor da tribo dos Octaclátios viria para dar uma palestra sobre a melhor maneira de misturar a terra com húmus. Mas dona Alice achou que não iria adiantar muito, porque, nesta região tropical, o húmus era raro, e o que se tinha para comer eram folhas frescas ou semidecompostas. Leu, ainda, que a maior população de minhocas vivia no Alto do Araguaia, onde se supunha que não existissem minhocas.

Fechou o jornal e foi à sua despensa para beliscar uma folha que estava sendo preparada pelas bactérias. Estava quase no ponto para ser comida. Passou por um de seus depósitos de lixo e olhou com curiosidade as bactérias e fungos, especialmente os actinomicetos que brigavam pelos restos. E, de repente, lhe veio a pergunta:

– Será que são tão pobres que não têm coisa melhor para comer do que meu lixo, ou ela era tão chique que jogava tanta coisa boa fora?

Comeu uns fios ou hifas do micélio de fungos sem pedir licença e seguiu seu caminho. Inspecionou os quartos onde iria depositar os casulos com seus ovos. Aqui estariam protegidos e os filhotes poderiam viver um bom tempinho dentro do casulo, consumindo o líquido nutritivo que tinha colocado com muito cuidado. Aqui ninguém iria incomodá-los e poderiam sobreviver bem a primeira fase de sua vida. Depois, viria a luta pela sobrevivência.

Hoje não estava de bom humor. Tinha brigado com seu companheiro, o Senhor Eisino, porque tinha dito para ele que nas próximas semanas ela seria a dona da casa.

– Como? – perguntou ele. – Sem mais nem menos você quer que troquemos?

– Naturalmente – disse dona Alice – A partir de hoje, eu sou o Senhor Alício e você é a dona Eisina. Acho muito justo que troquemos. Por que somente eu devo fazer os ninhos e produzir os casulos, se você também pode?

E quando uma raiz de cambará entrou para perguntar se poderia usar seu túnel, em busca de água, lá em baixo, no lago subterrâneo, e ainda não sabia da troca, chamando-a de dona Alice, esta berrou irritada:

– Nada de dona Alice. Sou o Senhor Alício! Está bem!?

– Desculpe – gaguejou a raiz – Não sabia que tinham trocado novamente. É algo confuso seu *status*. Nunca sei se devo dizer dona Alice ou Senhor Alício.

A minhoca olhava desconfiada para a raiz, não sabendo se era gracejo ou se falava sério. Mas quando viu que era toda sincera, alisou suas cerdinhas que sempre eriçava quando estava brava, desenrolou seu corpo em todo seu tamanho para mostrar seu cinto novo e disse algo conciliador:

– Diga, simplesmente, senhor dona Alice, aí se evita confusão.

A raiz riu baixinho, com cuidado para que o senhor dona Alice não a visse nem ouvisse, e seguiu seu caminho em direção à água.

Eisino, agora Eisina, foi à superfície para pegar algumas folhas e ventilar sua raiva. Ontem ainda era o maridinho, e hoje devia ser esposa. Mas depois consolou-se que a vida das minhocas era assim mesmo. Ia colher algumas folhas semidecompostas porque eram mais gostosas. E caso não encontrasse nada, arrastaria também uma plantinha nova para sua casa. Depois resolveu fazer outro túnel para não encontrar mais com Alício naquele dia. Empurrava a terra com força.

– Nossa! Que maneira grosseira, onde se viu empurrar a casa dos outros? – gritou uma vespinha que estava prestes a depositar um ovo numa larvinha e que foi varrida por este terremoto, enquanto a larvinha aproveitava para fugir.

Eisina não disse nada, mas andava igual a um trator de esteira, derrubando tudo que estava em seu caminho. Mas, depois, a terra ficou dura e seca e resistia à sua escavação. Já se arrependera um pouco de sua teimosia, mas como verdadeira minhoca não desistia facilmente. Molhava a terra com a água de sua reserva que sempre carregava junto e, depois, sem maiores dificuldades, a engolia, porque não tinha onde depositá-la. Usava sua própria barriga como carreta. Depois, quando saía da terra, despejava tudo na superfície, agora misturada com húmus e cálcio de sua glândula especial, formando pequenos cones. Tinha certeza que a chuva não iria destruí-los e a entrada de água estaria garantida. Sem umidade, nem minhoca nem planta conseguem viver.

A região onde estava era nova e ainda não existiam folhas semidecompostas. Assim mesmo, carregou algumas folhas para sua despensa, que ainda não estava revestida, e respingou um líquido por cima das folhas para atrair bactérias, que deveriam começar a digeri-las. Bactérias trabalham bastante rápido e logo iriam lhe dar uma comida especial. Enquanto isso, comeu alguns fios de fungos e caçou algumas larvinhas de saltadores ou colêmbolos e até de nematoides.

Os nematoides velhos que estavam por perto olhavam-na com ódio. Mas, nesse dia, Eisina estava nervosa e não suportou esta sem-vergonhice dos nematoides, esses verminhos brancos e sem forma alguma que pareciam simplesmente uns fios. Avançou contra eles e espirrou um jato de líquido por cima deles que os fez dissolver em forma de espuma.

– Estes não vão me provocar mais – pensou satisfeita. Mas, agora, estava com fome e furtivamente entrou no túnel comum dela e de Alício e comeu com gosto uma folha preparada por bactérias. Uma raiz de grama-batatais entrou, virou-se e disse:

– Como está gostoso aqui: fresquinho e úmido. Lá fora está um calorão horrível – E para agradar Eisina, deixou cair algumas radículas e disse ao acaso, mas suficientemente alto para ser ouvido:

– Aqui, debaixo do meu manto espesso, nunca haverá calor e seca, e comida nunca faltará.

– Enquanto não lhe queimarem – disse Eisina secamente.

Com tantas minhocas na terra, o pasto era bom, muito bom, até bom demais. Pelo menos o dono do pasto pensava assim. Aqui iria dar uma ótima lavoura de algodão. Fincou uma enxada para tirar uma amostra da terra, justamente onde estava Eisina, e a cortou ao meio. Um besouro que passava nesse instante, quase morreu de rir.

– Dona Flor e seus dois maridos! – gritou ele.

– Esposas – observou Eisina triste.

Uma formiga que se encontrava por perto olhou e perguntou:

– Como se chamará a outra metade?

E logo apareceu uma centopeia que fez seus cálculos se dava para comer uma das partes, uma vez que a minhoca diminuiu de tamanho, e parecia exatamente adequada. Mas depois desistiu. Alguns saltadores, que não tinham medo de nada, perguntaram:

– Qual das duas partes é a Eisina?

A Eisina também não sabia. Como iria saber se cada parte iria dar novamente uma minhoca inteira? Um ácaro sugeriu:

– Chame uma parte de Eisina e outra de Aloisia, em homenagem a Alício.

Mas agora as duas partes se revoltaram. Isso lhes faltava. Homenagear outros com a própria desgraça. Mas afinal, nem sabia ao certo se era uma desgraça ou uma vantagem. O único quem poderia sabê-lo era a velha toupeira, o bicho mais sábio debaixo da terra, mas não queria perguntar, porque corria o risco de ser engolida na hora.

Atraído pelo barulho geral, apareceu Alício. Olhou algo surpreso as duas partes de Eisina e disse laconicamente:

– Eisina I e Eisina II, agora somos um casal a três.

A entrada da enxada foi somente o início de uma série de catástrofes. Resolveram arar e gradear o campo e plantar algodão. E para não nascerem plantinhas nativas, que chamam de invasoras, aplicaram herbicida ou mata-mato. Das minhocas da terra revolvida, quase nenhuma escapou dos passarinhos. Alício se refugiou a tempo para o fundo de seu túnel, arrastando consigo Eisina I e II. Mas ficou ainda pior. Aplicaram adubo à vontade, e o nitrogênio amoniacal é mortal para a maioria dos bichinhos da terra. A terra nua e desprotegida aqueceu muito sob os raios solares diretos. Os depósitos das minhocas se esvaziaram, e as folhas semidecompostas terminaram. Não tinha mais comida. E a visão da nova paisagem não as animou. Havia somente algodão, plantinhas novas que nem pensavam em jogar alguma folha. E, mesmo se as tivessem jogado, não teria ajudado, pois estavam impregnadas de veneno.

Eisina se levantou e se espichou, mas não podia ver nada, a não ser algodão. Não poderia migrar por cima desta terra seca e quente. E ir para longe era impossível. Minhoca que se preze não migra muito. Só as da família dos lumbricus migram com gosto, mas também somente após uma chuva.

Quando finalmente choveu, Alício tentou fugir com as duas Eisinas. Mas a plantação não tinha fim. Era grande demais. Cansados, desistiram. E agora?

Todas estavam famintas e fracas. Era melhor voltar à terra. Cavaram um pequeno túnel e deitaram.

– Agora, quem iria fazer túneis para as raízes poderem buscar água? Quem iria proteger as entradas dos túneis, para garantir a entrada da água? Quem iria preparar a terra fofinha e rica em cálcio para as plantas? Quem iria matar os nematoides ou criar bactérias benéficas? – quis saber Eisina I.

Alício deu um nó duplo no seu corpo de tanta fome e Eisina I e II fizeram o mesmo. Já quase anestesiada perguntou ainda:

– E se essas agressões não terminarem tão cedo? – o fim da frase foi um sussurro quase inaudível e depois elas caíram num sono profundo do qual nunca mais iriam acordar.

Os homens não se deram conta de que as minhocas eram seus melhores amigos.

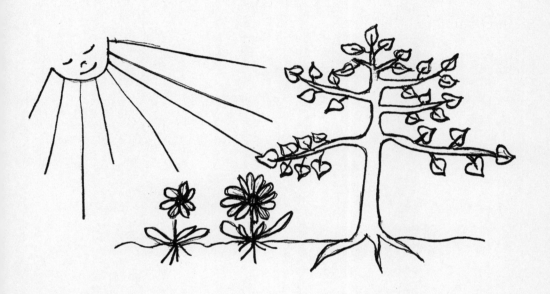

BIMBO, BEA E BAM
os quantinhos de luz

O sol lançava, a cada momento, com enorme força, bilhões e quatrilhões de quantinhos ou fótons de luz. Eram minúsculos corpúsculos que, em bandos incontáveis, formavam a luz. Voavam com velocidade alucinante pelo espaço, eram tão rápidas que podiam fazer sete voltas e meia ao redor da terra num único segundo. Era uma energia tremenda que vibrava nestes quantinhos de luz, e que os impulsionou para cruzar o espaço com um mínimo de esforço. Cantavam baixinho o hino da luz:

Luz é energia,
A vida é luz;
Viver é alegria,
Bendito quem nos conduz.

Bimbo, Bea e Bam voavam bem juntinhos no mesmo raio.

– Aonde vamos? – quis saber Bimbo.

– Pelo jeito à Terra, a caminho da vida – sussurrou Bea agitada.

– A terra é algo misteriosa. É um planeta, sem luz própria, sem força, sem nada. Depende inteiramente de nós. E, por isso, a única coisa que possui são armadilhas de luz que a cobrem inteirinha.

– Mas captam somente 1 a 3% da luz – diz Bea alegre. – Não é grande a chance de sermos capturados.

– Conta-me das armadilhas – rogou Bam.

– Chamam-se plantas, também há os plânctons nos ambientes aquáticos, e têm o poder de transformar a luz, a energia solar, em energia química, em matéria.

– É uma química superavançada – concordou Bam.

– E, mesmo assim, há seres nesta terra, chamados homens, que não entendem nada de eletromagnetismo e vivem iguais a patetas, no meio desses seres elevados, que são as plantas. Tudo o que os homens sabem é aproveitar as plantas, e se consideram muito inteligentes.

Todos riram. Bimbo se assustou um pouco quando entraram na atmosfera terrestre: Como era grossa! No caminho, encontraram outros quantinhos de luz que voltavam.

– Ué, o que há com vocês? Por que perderam o brilho? – perguntou Bimbo.

Era marinheiro de primeira viagem, e tudo para ele era novidade.

– Ficamos presos durante milhares de anos por baixo da terra, encerradas na forma de carvão. Só agora queimaram o carvão e nos libertaram.

Outras gritaram:

– É verdade, nós também ficamos milhares de anos abaixo do solo do mar, e só agora nos tiraram com o petróleo em que ficamos encerradas. Perdemos a luz durante a queima, voltamos como calor!

– Ah! Entendo – disse Bea. – Vocês estão cansadas e com pouca energia. Coitadas!

Lá embaixo, na terra, apareceu algo verde, totalmente estranho para os quantinhos de luz. Nunca tinham visto coisa semelhante.

– São as armadilhas – sugeriu Bam. E nem tiveram tempo de dar um grito, quando já bateram com os narizes diretamente dentro delas.

Bateram na folha brilhante de uma laranjeira.

– Vocês acham que são folhas, porque enxergam somente sua forma exterior. Mas, na verdade, são poderosas baterias solares que captam a luz e a transformam em substâncias químicas, como a glicose.

Tudo, nessas armadilhas, é computadorizado. O programa foi seguido à risca, mas tinham alternativas caso faltasse alguma coisa para levar a planta até a frutificação e a reprodução. Chamam isso de "padrão genético", porque cada variedade tem seu padrão específico e cada célula é ligada ao terminal do computador para transmitir informações ultrarrápidas.

As fotocélulas trabalhavam a toda velocidade.

– Luz, luz – informou o computador – Captem-na, captem-na!

Imediatamente começam a piscar as luzinhas no grande painel da parede e informam que tinha pouca água à disposição.

– Água! – o computador mandou, e, imediatamente as bombas de vácuo começaram a trabalhar e as recepcionistas-atracionistas nas células-radiculares começaram a atrair água por via eletroquímica que chamavam de fisiológica, e depois a comprimiram com tanta força nas tubulações (xilemas) que a água subiu rapidamente até as folhas.

Os minerais que estavam tomando banho, e que se divertiam muito numa folia alegre dentro do solo, foram arrastados pela água e absorvidos juntos para dentro da raiz. Não tinham como escapar. Passaram pelas células de atração, mas depois foram barrados numa triagem rígida. Uns ficaram bravos.

– Não pedimos para sermos arrastados aqui para dentro, e agora querem nossa identidade. Que absurdo! – reclamou o cloro.

– Ordem é ordem! – disse o guarda. – E se a ordem vem do computador, ninguém é capaz de mudá-la.

– Mas você não compreende! – gritou o manganês.

– Não. Sou robô e ajo segundo minha instrução – disse o guarda.

– Parece quartel de unidade de combate ao território – protestou o sódio.

– Pode ter razão, somos a unidade da vida, e sem controle, vira bagunça. Então a vida não sai. Sua identidade, por favor. Só o cálcio tem passe livre!

Os minerais todos ficaram assustados, e em parte, revoltados. Mas não adiantou nada.

– Sou o magnésio – disse um.

– Suba rapidinho – gritou o guarda, e lhe deu um empurrão que o fez cair dentro de uma tubulação onde a água subia velozmente.

– Sou o ferro – sussurrou outro, e enrubesceu de tão acanhado.

– Suba, suba! O que está esperando aqui? – berrou o guarda.

– Sou o potássio – identificou-se um moleque gorducho e alegre.

O robô esboçou um sorriso que tornou sua feição ainda mais horrível e disse um pouco mais amigável:

– Vá onde quiser, precisam de você por toda parte.

– Sou o fósforo – disse um rapaz magro e alto.

O guarda olhou primeiro no painel em frente e depois informou:

– Lá em cima já tem bastante, precisam de você, agora, embaixo.

E o empurrou por uma portinha estreita que dava entrada à sala de montagem de semifabricados ou semielaborados. Era o colo da raiz.

– Sou o alumínio – disse um gigolô que quis passar.

– Nada disso – protestou o guarda – Você ficará por aqui, até que eu encontre um acompanhante. Prendam-no e não o deixem subir de jeito algum.

– O que fiz de errado? – O alumínio quis saber.

O robô se zangou:

– Por enquanto, nada. Mas Deus nos livre e guarde de suas travessuras. Tenho ordem de prendê-lo.

E algemaram o coitado do alumínio, e o levaram para um cubículo estreito e escuro.

– Sou o nitrogênio – cochichou um garoto tímido, de aspecto humilde. Mas o robô fez uma reverência e disse, respeitosamente:

– Acompanhem esse senhor e levem-no o mais rápido possível aos salões de montagem no colo da raiz.

– Sou o enxofre – gaguejou um rapaz amarelado e feio.

– Levem-no pelo elevador à sala de montagem 2 da folha D – mandou o guarda.

– Quanta gentileza – disse o enxofre ironicamente. Sabia que sem ele não poderiam formar proteínas e o nitrogênio iria circular eternamente na seiva, ou livre, ou em forma de aminoácidos. E isso significava muitos predadores para a planta, que iriam aproveitar essa situação. O enxofre era um dos pilares da saúde vegetal.

E assim os minerais passaram um por um. Uns, encaminhados para determinado lugar, outros com salvo conduto para toda a planta, e outros ainda presos e trancafiados, num lugarzinho da raiz.

O ferro e o magnésio ficaram tontos nesta subida turbulenta, no tubo chamado xilema, que conduzia a seiva bruta. Sentiram um alívio tremendo quando, finalmente, chegaram à sala de captação de luz, com paredes transparentes, inundada por uma claridade cegante. As janelas, que na gíria vegetal se chamavam estômatos, estavam todas abertas, e um arzinho fresco circulava na sala, que se chamava "fotocélula". Iriam trabalhar aqui. Parte da água que os trouxe saiu de fininho pelas janelas. Simplesmente se evaporou. Será que o capataz da sala não viu isso? Viu, mas por enquanto essa evasão não era muito grande, serviam de refrigeração das placas e baterias solares, que eram as folhas. Agora o capataz, deu um empurrão amigável ao ferro e pegou o magnésio pela mão, levando-o a seu lugar de trabalho.

– Rápido, rápido, tem que trabalhar. Já estamos atrasados.

O magnésio tinha que vestir um macacão engraçado de uma substância complexa e que parecia querer se fundir com ele. Mas quando o tinha vestido, de repente mudou de cor e ficou verde, era a clorofila. E a cor significava que tinha começado a trabalhar na captação de luz, porque absorvia todas as ondas luminosas, em especial azul e vermelho, menos as verdes.

A clorofila era uma substância algo milagrosa. Absorvia luz e emitia elétrons, igual a um aparelho eletrônico, como a TV. E quando Bimbo, Bea e Bam bateram nele foram absorvidos, imediatamente, igual num mata-borrão. Parecia que tinham sumido para sempre. Mas, na clorofila, que até agora se apresentava como substância quieta e repousante, começavam convulsões, e os quantinhos de luz sentiam que seus elétrons se excitavam sempre mais até que, igual a filhotes da barriga de um cavalo-marinho, saíram em nuvens eletrônicas da clorofila.

Em carreira alucinante, descreviam círculos luminosos, igual aos elétrons de um cíclotron, e passaram a bombardear a água que tinha se encostado à parede. Nesta, os elétrons ficaram excitados e saíram, juntando-se à corrida louca. E todos os elétrons, com suas mochilas de carga negativa nas costas, giravam ao redor de seu próprio eixo, igual a pequenos piõezinhos, ou talvez como a terra, que gira em torno de seu próprio eixo, e assim se tornaram mini-ímãs, criando, ao seu redor, um minicampo magnético, que começou a arrastar até átomos. E assim, o ferro e o oxigênio, que juntos se lançaram no caminho dessa corrida louca, foram logo em seguida separados. Mas o oxigênio lhe foi restituído pelos guardas. E se não estivessem o ferro, o manganês e o cloro na sala para diminuir essa corrida veloz, teriam arrebentado tudo.

Os elétrons tinham arrastado Bea, mas logo a libertaram. Apesar de sua enorme energia, ela foi capturada pelo fósforo, com um golpe de karatê certeiro pelo qual não esperava. O fósforo, que sempre andava a três, pegou com braço forte Bea, e, num toque de mágica a transformou num pequeno carregador em cuja camiseta foram estampadas as letras ATP, o nome de seu dono "Adenosina-Tri-Fosfato." Era o fósforo que sozinho conseguiu dominar e prender a energia.

Os elétrons, porém, conseguiram arrancar um dos três rapazes do trio do fósforo, mas isso parecia dobrar a força da dupla que restou, e com a maior rapidez domou a força tremenda dos elétrons. Bimbo, que também havia sido pego, achou que, em meio a toda confusão, poderia fugir. Mas o fósforo percebeu isso e o pegou e o lançou numa célula escura onde já esperavam a dupla oxigênio-carbono, o gás carbônico, o qual se lançou por cima dele para amarrá-lo. Bimbo em uma luta desesperada conseguiu ainda arrancar o oxigênio do lado do carbono, mas agora a água também entrou nessa luta, o que Bimbo não tinha percebido antes. Finalmente dominaram-no e os elétrons se entrelaçaram de tal modo que não tinha mais jeito de se livrar. O capataz do serviço observou interessado o painel da parede onde piscavam as luzinhas verdes e vermelhas, e apareciam linhas luminosas. E perguntou:

– A energia está presa e bem amarrada?

– Está – respondeu o controlador.

– Então, joguem o oxigênio fora, não presta para mais nada – ordenou o capataz de serviço. E o oxigênio, como se fosse lixo, simplesmente foi jogado pela janela, que abriram um pouco mais. É por isso que as plantas, durante a fotossíntese, retiram gás carbônico do ar, que é a dupla oxigênio-carbono, ficam com o carbono e devolvem o oxigênio, tão indispensável à nossa vida. Até mesmo para produzir a camada protetora de ozônio contra a radiação ultravioleta.

Bimbo revoltou-se por ser classificado somente como "energia".

– Não sou um anônimo, sou Bimbo, um quantinho de luz.

Mas não o ouviram ou, no mínimo, não deram importância. O carbono e a água estavam tão ofegantes que não conseguiram soltar nem um pio. Apagaram-se as luzinhas vermelhas e o computador deu ordem de removê-los, junto com Bimbo, a quem foram firmemente amarrados.

Bimbo ficou atônito quando viu que lhe etiquetaram como "Carboidrato". O capataz, para se assegurar que tudo estava certo, passou o dedo por cima deles e lambeu. Era doce. Tinham se transformado em açúcar, ou simplesmente glicose. E, de repente, Bimbo sentiu um certo orgulho. Era parte de algo que era vida. Foram levados a um quartinho onde trabalhava o boro que pulverizou um líquido por cima deles, uma enzima; e de repente, Bimbo sentiu que se modificaram.

– Pronto – dizia o boro.

– Agora estão invertidos e podem viajar.

– Viajar para onde? – quis saber Bimbo

– Para a raiz, naturalmente. Eu preparo somente os açúcares que são fornecidos à raiz.

E, em seguida, fez com que todos entrassem por um tubo escuro, chamado floema, que conduz seiva elaborada. Uma correnteza os pegou e sentiram-se caindo, até chegar à raiz. Aqui, na planta, tudo era racionalizado ao máximo e não se perdia tempo com gentilezas. Com incrível agilidade, um robô os apanhou, e com velocidade espantosa, já tinha separado em quatro grupos todos os açúcares que tinham caído. Mandaram um grupo imediatamente para as células de atração e absorção, porque a planta crescia e precisava de mais minerais, que o açúcar tinha de atrair junto com a água. Um segundo grupo foi mandado para os armazéns, ou tecidos de reserva, onde tinham de esperar por ordens especiais. Os integrantes de um terceiro grupo eram ordenados a entrar numa banheira cheia de água onde borbulhava ar e flutuava o oxigênio absorvido pelas raízes. Soltaram-se as ligas e algemas que prendiam os quantinhos de luz ao carbono, oxigênio e hidrogênio e elas ficaram livres. Mas antes de poderem compreender isso, já apareceram os carregadores, porque somente os iniciados podiam andar nesse labirinto, e Bimbo distinguiu Bea. Mas esta, sem demora, e sem reconhecê-lo, pegou um quantinho de luz livre em suas costas e saiu correndo para a sala dos semifabricados ou sintetizados. Enquanto olhou ainda com saudade a portinha por onde Bea tinha desaparecido, já apareceram alguns carrinhos e pegaram os do quarto grupo a que Bimbo pertencia, carregando-os e correndo para a mesma porta por onde Bea tinha desaparecido.

– Será que vão me soltar? – pensou Bimbo. Mas mal chegados à sala, mãos frias e profissionais os pegaram e os amarraram, agora com mais um nitrogênio. Bimbo quis protestar, mas não adiantou nada. Agora, foi etiquetado como "Aminoácido". Outros receberam etiquetas de flavonas, vitaminas, gorduras, açúcares mais complicados, fenóis etc... E para que a liga ficasse firme sempre, pulverizaram alguma coisa em cima deles, uma enzima, como a chamavam.

Bimbo se admirava. Não eram todos somente quantinhos de luz, juntos com água e carbono? E quando passou um capataz, que parecia um pouco mais amigável, Bimbo perguntou:

– Me diga, por que tanta arte?

– Agora são substâncias vivas e mantêm a vida dos outros.

Mas Bimbo quis saber:

– O que é o mais importante para a vida?

O capataz o olhou e disse seco:

– Naturalmente energia! Com energia as plantas crescem, os animais andam e procriam. Tudo é energia.

Bimbo ficou impaciente – Não quero saber isso, qual a substância química que chega mais perto da vida?

– As proteínas – disse o capataz e se foi. Então Bimbo queria fazer parte de proteínas. Mas, aqui, não tinha muito tempo para sonhar ou desejar.

Da fábrica de semimanufaturados, foram sumariamente despejados num destes tubos escuros que Bimbo já conhecia e onde circulava água, com todos seus ingredientes, que pelo jeito chamam de seiva. Mas desta vez a viagem não tinha destino fixo. Circulavam aqui, por um bocado de tempo, completamente à toa, e parecia que os tinham esquecido. Bam, na sala de captação de luz, sabia que a culpa era do calor. Os homens tinham capinado o pomar e o solo desnudo aquecia demais. A água que devia servir às plantas ficou quente, imprestável para matar a sede das plantas. E muita água simplesmente evaporou. Tinham de fechar as janelas-estômatos para evitar a fuga em massa da água, e agora não entrava mais carbono, o que parou a fotossíntese. Os carregadores também ficaram ociosos, e a raiz que não recebia açúcar para ajudar na atração de água e nutrientes ficou fraca e não podia mais trabalhar. As fábricas estavam quase paradas, ou como eles diziam, o metabolismo baixou a um mínimo. Bimbo ficou angustiado. De repente apareceu a tromba de um inseto que começou a chupar a seiva. Bimbo começou a rezar:

– Por favor, meu Senhor, só isso, não. Não quero ser sugado por um parasita.

Pensou no grupo de companheiros que fecharam no armazém. Lá estava escuro e a angústia devia ser maior, embora tivessem dito que era a "unidade de vida" e que eles tinham uma missão especial. Mas, se tudo parou, não tinham mais missão alguma. Não dava para entender. Mas aqui ninguém pensava. Era tudo computadorizado e robotizado. Tudo era programado, também as alternativas. Qual será?

Porém, de repente, se abriu uma portinha – em que não tinha reparado antes – e a mão de um robô apanhou algumas trouxinhas etiquetadas como aminoácidos. Bimbo estava entre elas. Chegaram numa sala com luz fosca, mas, ainda assim, razoavelmente clara onde trabalhavam os artistas. Davam os retoques finais. Amarravam sempre quatro trouxinhas, como esta de Bimbo, de maneira artística e arranjavam-nas até que tivessem uma forma até bela, que chamavam de estrutura, e depois alinhavam tudo num tipo de espinha de peixe.

– Pronto – disse o artista e olhou satisfeito para sua obra que depois etiquetou como "proteína". Daqui, os levaram ao lugar definitivo na folha.

De repente Bimbo notou um movimento fora do comum. Soltaram todos que estavam presos nos armazéns e os tocaram às pressas para os galhos. Era um aperto danado e uma gritaria ensurdecedora. Empurravam os da frente, mas não tinham mais por onde sair. E assim começavam a crescer caroços esquisitos que inchavam cada vez mais. E, um belo dia, Bimbo olhou maravilhado e encantado: todos estes caroços se abriram e cobriram a árvore com um mar de flores brancas e cheirosas. E todos os quantinhos de luz jubilaram, por serem elas que tinham feito esse milagre. Mas após alguns dias as pétalas caíram e agora ficaram uns caroços verdes e duros que inchavam e cresciam. E veio o dia em que pegaram toda "escultura" de Bimbo, e a levaram para uma dessas bolinhas, que eram as frutas, laranjas. E, logo em seguida, apareceu Bea, que foi escalada exatamente como carregadora na fruta em que Bimbo estava.

– Bea! – exclamou Bimbo encantado – O que é que você faz aqui?

– Ora, a laranja tem que crescer, não é? E cada movimento, como o crescimento, gasta energia. Então eu carrego energia para cá, muita energia. Somente assim a fruta fica grande e bonita e não cai antes do tempo – disse Bea.

– Bea! – diz Bimbo todo feliz, querendo abraçá-la, mas não tinha se lembrado de que estava todo amarrado. E a fruta cresceu e ficou dourada, e o sol brilhou na sua casca e Bimbo sentiu saudade, tanta saudade de viajar como energia livre num raio de luz.

Um dia uma folha caiu e um "Alô" alegre lhe soara nos ouvidos. Era a placa ou bateria solar de Bam que caiu, porque já estava velha e a árvore resolveu renová-la.

Bimbo e Bea ficaram emocionados em ver Bam. Se mexeram violentamente para ver sua bateria solar mais um pouco e, com esse movimento brusco, a laranja se desprendeu e caiu. Caiu exatamente ao lado da folha de Bam. E agora? Quem nos solta? Ou temos que ficar milhares de anos presos como nossos irmãozinhos que encontramos na vinda?

De repente, enxergaram fogo.

– Irmãos, irmãos! – gritaram – Se ele vier, o calor dele soltará suas ligas e elas estarão livres, podendo escapar numa chama brilhante, voltar a ser luz novamente. Mas o fogo não chegou até eles.

Aí Bimbo escutou uma vozinha:

– Querem que lhes ajude?

– Quem é? – Bea quis saber.

– Sou eu, uma bactéria, mas tenho muitas irmãzinhas que podem dissolver suas ligas e liberar vocês.

– Então o faça – disseram Bimbo e Bea, em uníssono, cheios de alegria.

As bactérias vieram e fizeram muito esforço, mas não conseguiram romper os ligamentos. Estavam firmes demais.

– Não conseguimos. Só um fungo celulolítico poderia fazer este serviço – suspiraram as bactérias.

– Então chame um fungo – suplicou Bea. O fungo veio, olhou as ligaduras, murmurou alguma coisa de "muito firmes", mas se pôs a trabalhar. Mas como ele demorava! O fungo rompia alguns ligamentos, depois se lambia e chupava através de seus braços compridos, os hífens, o líquido doce que saía. Se deleitava, descansava e não tinha pressa alguma. Até engordava e começou a criar filhos. Bea suplicava:

– Não pode trabalhar mais rápido? – o fungo estava surpreso.

– Rápido, por quê? Quero viver aqui por muito tempo, criar meus filhos e gozar a vida.

Mas nesse ínterim, as bactérias voltaram. Olharam o trabalho feito pelo fungo e diziam:

– Agora, já podemos romper todas suas ligas – E num piscar de olhos Bimbo e Bea estavam livres.

A água se escondeu no chão, e o carbono achou seu parceiro, o oxigênio, e com ele se foi.

Os minerais fizeram festa em poder voltar para a terra. Todos estavam livres. E, na agitação geral, nem se deram conta que também Bam foi liberada e os três quantinhos de luz se pegaram pelas mãos e subiram vagarosamente como energia livre.

E, enquanto subiam, cantavam baixinho:

> Somos energia,
> fizemos nosso dever,
> passamos pela vida,
> voltamos ao livre ser.
> E para ver se estavam livres mesmo gritaram:
> – VIVA!

A BACTÉRIA VIVI

A terra estava escura e úmida e pelos túneis que terminavam na superfície entrava um arzinho morno quando Vivi acabou de nascer.

Bactéria não tem mãe nem pai, nasce simplesmente de outra bactéria que se amarra ao meio, pela cintura, até ficar tão fininha que se separa em duas. É a divisão celular; e, assim, aparecem duas bactérias. Qual das duas nasceu, ninguém pode dizer, provavelmente as duas, porque agora têm que se fortificar e crescer até ficarem adultas para poderem se dividir novamente.

Para nós, Vivi não era bonita, sem cabeça, braços e pernas, somente uma gotícula minúscula ovalada. Também não precisava ser bonita, porque entre bactérias não há casamento. São somente uns pequenos robozinhos que executam o que o seus ultra-microcomputadorzinhos têm programado. Não tinha tias ou tios, avós ou qualquer ser que lhe pudesse ensinar algo. Também não tinha cérebro. Nascia simplesmente de seu código genético, que era seu programa computadorizado e cada hora de vida lhe parecia um século.

Vivi apertou o botãozinho do seu computador que brilhava verde e perguntou:

– O que eu faço?

– Veio a resposta:

– Se há uma substância que preste como comida, solte um pouco de sua enzima para digeri-la. Se não existir, enrola-te rapidamente até formar uma bolinha pequena. Um quisto, e assim, espere por tempos melhores.

Passou um mofinho com seus numerosos braços, os hífens, e sua cabecinha branca. Parecia muito inteligente. Vivi perguntou onde tinha comida. O mofinho olhou para ela, e perguntou de que clã era. O computadorzinho respondeu que pertencia ao clã dos Cytophagas, ou seja, os que comiam palha e folhas secas, mas era especializada em palha de arroz, já pré-digerida por ácaros, microartrópodes. O mofo suspirou:

– Vocês, bactérias, são especializadas demais. Não podia ser palha de arroz pré-digerida por mofos ou fungos?

Vivi apertou outro botãozinho do seu computador:

– Posso comer palha pré-digerida por mofos?

Escutou-se um clique e depois veio a resposta:

– Pode, mas vai ficar fraca.

O mofo balançou a cabeça e alguns braços:

– Olha, Vivi, aqui por perto não tem isso, mas sempre passam alguns besouros que moram na beira do campo. Agarra-te num e será levada para onde existe esta palha que você precisa.

Logo apareceu um besouro e ela se agarrou nas cerdas da barriga e assim viajou. Não era muito agradável, porque o besouro esbarrou em mil e uma coisas. Também começou a sentir medo. Tinha somente duas horas de vida. Lá, embaixo da terra, pareciam séculos, mas aqui em cima, o tempo passava rápido. Se não conseguir comida, se não puder nutrir-se e ficar forte... Nem podia pensar nisso. O besouro começou uma conversa:

– Vai para onde?

– Lá na beirada do campo, onde deveria ter palha de arroz pré-digerida por ácaros.

– Ah! Você é do clã dos Cytophaga.

– Sou – o besouro resmungou alguma coisa, e depois disse: – A vida está começando a ficar difícil. Estão queimando a palha por causa das máquinas que trabalham melhor em terra bem limpa. Mas de cinza ninguém vive.

– Queimam a palha? – Vivi estremeceu. – Então, não tem mais nada?

– Não – consolou-a o besouro. – Tem ainda algo na beirada do campo. Lá ainda não queimou tudo. Nem sei como você pôde nascer por aqui.

Vivi também não o sabia. De repente, o besouro a soltou.

– Aqui – disse ele. – E boa sorte!

Um ácaro passou às pressas. Vivi conseguiu agarrar-se numa de suas pernas. Tinha oito, então não devia se incomodar muito se uma ficasse mais pesada.

– Quem é você? – perguntou.

– Sou a Vivi do clã das Cytophagas.

– Ótimo – disse o ácaro. – Então vou te levar onde trabalhamos. Já tem o azo esperando. É um rapaz que conduz uma fabricazinha, onde se capta o nitrogênio do ar. Este você vai precisar. Então é bom viver perto dele.

Vivi ficou muito grata. Logo quando chegaram, soltou um pouco do seu suco gástrico, sua enzima, para digerir a celulose da palha de arroz para depois poder absorvê-la. Como não tinha boca nem tromba, tinha que absorver sua comida através da pele. Mas Vivi era fraca e o serviço não era tão fácil. Excretar, absorver, transformar em proteínas próprias, excretar os restos que eram gelatinosos.

Ao lado dela, trabalhava uma bactéria como ela, mas que já tinha feito um monte enorme de geleia, enquanto o da Vivi era um pinguinho só. A outra olhou para Vivi.

– Parece que você vem de uma estirpe faminta, não tem força. Estou vendo que não pode ser daqui.

Vivi tremia: – Será que vão expulsar-me? Não sou daqui. Sou do meio do campo – confessou ela.

– Por isso, você não vai ajudar muito.

Vivi queria dizer mais alguma coisa, mas a outra somente disse:

– Trabalha, rápido, rápido! Se você for muito lerda, uma ameba vai te apanhar.

Agora ela viu a tão temida ameba. Era bicho e não era, era um ser bastante esquisito com uma bocarra enorme. Às vezes, parecia bactéria, outras vezes não. Mudava sua forma constantemente. De vez em quando abocanhava uma bactéria, certamente, porque não trabalhara o suficiente. Perto dela, tudo estava na maior atividade. Mas, mais ao longe, Vivi viu que as bactérias faziam farra, e algumas até dormiam enquistadas. Mas como a ameba estava bem perto de Vivi, esta tremia de medo. "Deus me acuda! Não quero ser comida por ela", pensou.

– Trabalha, trabalha – murmurou a vizinha. – Ela come somente os velhos, fatigados e doentes, além dos mortos. Os bem ativos ela não toca.

E, depois de uma pausa, ela constatou:

– Bactéria de estirpe faminta não tem força para trabalhar. Mesmo com comida boa, não produzem quase nada. Coitada, vou lhe ajudar um pouco.

Vivi observou como o azotobacter, que todos chamavam de azo, de repente, começou a trabalhar mais. Ele esteve muito folgado na captação de nitrogênio. Agora que a ameba apareceu, parecia uma fabricazinha mesmo.

De repente, abocanhou um pouco da geleia da vizinha de Vivi e, em troca, devolveu algum nitrogênio. Para Vivi, nem olhou. Tinha produzido tão pouco! A vizinha tinha recebido tanto nitrogênio que sobrava, e Vivi roubou um pouco. Agora estava com muito mais força. Como o nitrogênio a fortaleceu! Mas de repente, ela parou. Que coisa. Quem move Vivi, sua vizinha e as geleias? Uma raiz que estava por perto explicou:

– É a força negativa de sua geleia que atrai a força positiva dos minerais agarrando vocês e formando estas pelotinhas, os grumos.

– E isso serve para quê?

A raiz riu, riu e se torcia de rir:

– Ah! Você não sabe. É para fazer os minitúneis no solo, os poros, onde depois entra ar e água. E estes servem para nós, para vocês, para os bichinhos que vivem aqui, serve para mandar água para os poços e cacimbas e para os rios. E o oxigênio e a água servem para os minerais, para se oxidar, para dissolver, para melhor servir às plantas...

Era difícil compreender tudo isso. Mas, mesmo assim, Vivi compreendeu que ela era muito importante e sem o trabalho de seu clã não haveria água para as plantas crescerem, nem para os rios correrem, nem para as usinas elétricas dos homens, sobre os quais o vento tinha contado. Não podia imaginar que um pinguinho de ser tão minúsculo como ela, que somente dava para enxergar com microscópio com mil vezes de aumento, podia ser tão importante; que praticamente toda vida na terra dependia dela. Aí a raiz interveio:

– É porque vocês são bilhões e quadrilhões. A união faz a força.

Um ácaro que passava, e que ouviu a conversa, disse:

– Mas se eu não quebrar a casca dura da estrutura da celulose, que forma a planta, vocês não podem fazer nada.

E o azo disse:

– Se eu não fornecer o nitrogênio para vocês se fortalecerem e poderem trabalhar, não poderiam fazer nada. E logo viria a ameba e comeria vocês.

Vivi lhe deu uma olhada cheia de desprezo.

– Graças a você não teria força alguma. Não ganhei nada de você.

– Não ganhou, mas roubou; eu vi. No final, dá no mesmo.

De repente, uma voz conhecida sussurrou ao lado de Vivi:

– Não te importa, ele sempre é grosseiro.

Vivi se virou e deu de cara com o mofinho que conhecia do lugarzinho onde nasceu.

– Você, aqui? – Como chegou?

O mofinho riu:

– Não preciso viajar por terra. Jogo uns esporos, que são minhas sementes no ar, e o vento os leva onde quero. Sou muito versátil. E quando chego a um lugar que me agrada, aí broto novamente.

– Quer dizer que você morre e renasce? – quis saber Vivi.

– Mais ou menos. Se um braço meu, um hífen, não serve mais para chupar comida, porque esta se acabou neste lugar, então o deixo morrer. Para que manter o que não serve mais? Se o corpo não serve mais, deixo-o morrer, ficando somente a cabecinha branca com os esporos e estes voam aonde querem. E aqui estou eu!

– Fazer o quê? – Vivi quis saber.

– Ora, vou amarrar os grumos que sua geleia e das suas irmãs formaram.

– Amarrar, como?

– Com meus hífens! Quer ver? – e logo deixou crescer uns braços, igual a um polvo, longos e finos que abraçaram um grumo por todos os lados, amarrando igual a um pacote.

– E, para quê isso?

O mofinho não respondeu mais. Estava tão absorto em chupar a geleia doce das bactérias, que era a cola dos grumos de terra, que não ouviu mais nada. Vivi ficou furiosa:

– Ora essa! Quanto nos custou produzir esta geleia doce e você a come, sem mais nem menos!

O mofinho parou um pouco e riu:

– É a vida, minha cara Vivi, é a vida. Pensou que vou arrancar seus grumos somente por amor? Não, amarro-os por gula.

– Monstro – disse Vivi cheia de indignação.

Mas uma raiz interveio:

– É o preço da amarração. Mas assim a chuva não consegue despedaçar os grumos e destruir os poros. Na natureza, nada é sem necessidade. Tudo tem seu objetivo. Mas a atividade de cada um combina tão bem com a do outro que finalmente se cria este padrão lindo da natureza que você está vendo. E, portanto, cada um deve ser grato ao outro por existir, e por seu modo de viver.

Vivi se lembrou de ter ouvido falar que o mofinho tinha um caráter muito ruim. Diziam que era também patógeno, causando doenças nas plantas, como murcha, podridão e outras. E Vivi, que ainda estava indignada, jogou isso na cabeça do mofinho.

– Você não passa de um parasita; isso mesmo, um parasita miserável.

O mofinho parou de chupar a geleia doce que colou o grumo de terra, e olhou surpreso:

– Não pensei que você fosse tão estúpida, Vivi. Me diga, quantas enzimas você tem?

– Uma – disse Vivi um pouco acanhada. – Mas o que isso tem a ver contigo?

– Bem, você sabe que, com sua única enzima, você só pode comer uma única substância, porque sua enzima, aliás, todas, são muito específicas. Você depende de palha de arroz pré-digerida por ácaros, não é isso? E se não a encontrar, morrerá de fome.

– Isso mesmo – Vivi concordou.

– Bem, eu tenho duas enzimas e somente posso decompor com elas dois açúcares bem específicos. E se não os encontrar...

– Morre de fome – completou Vivi.

– Isso mesmo. Mas se as plantas, por algum defeito em seu metabolismo, formam exatamente esses açúcares que eu posso comer, é culpa delas se as ataco.

– Então você não é uma parasita? Você é somente uma espécie de ameba que come as plantas que são fracas e doentes?

Um ácaro que estava escutando a conversa começou a rir:

– Não existem parasitas, Vivi. Ninguém de nós pode fazer o que bem entende. Nem você. Nem ninguém. Todos nós estamos programados. Programados para decompor o que não presta para a vida ativa e vigorosa. Nós, micro e meso-organismos, somos somente a polícia sanitária da terra. A planta tira os minerais da terra e se forma com a ajuda deles, e nós decompomos a planta para liberar os minerais, para que outras plantas possam crescer e viver.

– Mas eu vivo disso, da decomposição – disse Vivi desconcertada.

– Viver e deixar viver, isso mesmo. Você vive digerindo celulose, mas seu trabalho serve para formar os grumos da terra e estes formam os poros. E, assim, você também serve para que os outros possam viver. E, no fim, libera os minerais, para que as plantas os reutilizem, para formar outra celulose. É o ciclo da vida.

– E por que então dizem que você é parasita? Por que é que você ataca também as plantas?

– Atacamos somente as substâncias para as quais fomos programados. E as plantas sadias não oferecem substâncias comestíveis para nós. Somos proibidos de atacar tecidos bem vivos. Nossa programação não permite isso.

Vivi já não escutava mais o que o ácaro contava. Se sentia tão esquisita. Parecia que alguém lhe apertava horrivelmente a cintura. O besouro que a trouxe passou. Olhou-a e disse:

– Pobre Vivi, vai se dividir.

Vivi sentiu uma dor insuportável, deu um grito e se repartiu ao meio. E agora Vivi I e Vivi II continuavam decompondo palha de arroz pré--digerida pelos ácaros.

A TERRA E O ARADO

Um veado espiou cautelosamente o campo antes de sair da capoeira à procura de algumas ervas gostosas para seu jantar. Os últimos raios de sol banhavam a paisagem numa luz dourada na qual o crepúsculo jogava suas primeiras sombras. A terra jazia cansada e sonolenta debaixo da cobertura de resteva ou palha de milho, que fora colhido há semanas, acariciada pelas raízes amorosas de mentrasto, arnica e rabo-de-rojão. Sentia que estava doente e bastante estragada, e as plantas vieram para acudi-la.

Tinha que rir da história do caruru, que com seu pendão comprido, vermelho de milhares de minúsculas florzinhas, se considerava o rei da vegetação. Contou, pela centésima vez, a história do caruru-gigante, o Amarantos, com cachos maiores que o sorgo-granífero, mas muito mais nutritivo, e que seriam a salvação da humanidade faminta em terra cansada.

As bactérias coçavam agradavelmente a pele da terra ao maquiá-la com suas geleias, para que ficasse novamente boa e porosa. A palha de milho cobria ainda em camada grossa o chão e protegia a terra contra o calor do sol e a força impetuosa das chuvas e garantia a umidade suficiente para toda essa vida ativa que rodopiava e formigava nos minitúneis dos poros. Até pequenas minhocas apareciam fazendo suas galerias, brincando com os nematoides dos quais elas não gostavam. Mas tudo isso ocorria somente na camada superficial. Em pouca profundidade, a vida acabava. Aqui reinava um silêncio intenso e absoluto que a laje dura, a falta de ar e a presença de dezenas de antibióticos impunham. Estes foram lavados da camada superficial e banidos para essas regiões. Os fungos que os produziam queriam, com isso, assegurar a sua supremacia na terra e não queriam entender que seus antibióticos não podiam ficar na camada superficial densamente povoada. A terra os repreendeu:

– Aqui ninguém domina, todos têm direitos iguais.

E mandou as chuvas lavarem os antibióticos que os fungos novamente tinham produzido. No subsolo, eles se acumulavam, hostis e furibundos, pensando em vingança.

– Não são os fungos que amarram os grumos para que as chuvas não os despedacem, fazendo ruir seus poros? – perguntaram rancorosos.

– São sim – respondeu a terra.

– Mas os fungos não os amarram por amor e, sim, porque sugam os açúcares que servem para colar os grumos.

– E quem produz os açúcares são as bactérias que vocês, antibióticos, pretendem matar.

Mas os antibióticos não se deram por vencidos.

– Os fungos podem viver sem bactérias!

– Podem sim, mas eu não posso viver sem bactérias – disse a terra com tanta rispidez que os antibióticos verificaram que era o fim da conversa. Mas, agora os fungos se sentiam injustiçados.

– Como é que você permite que suas queridas raizinhas soltem toxinas para defender seu espaço ao redor? Estas você não manda remover. Estas podem ficar.

A terra ficou indignada:

– Deixo-as porque são somente uma barreira contra sua gula, e as bactérias podem usá-las como alimento.

Os fungos ficaram raivosos.

– Isso é muito bonito, mas diga-nos quem é que cobre estas raízes com uma pelúcia fina para ajudá-la a se alimentar? Quem é?

– Claro que são também fungos, as micorrizas e as plantas agradecem muito este serviço inestimável. Mas quem é que faz os poros de arejamento para que as micorrizas não morram asfixiadas? São as bactérias e as minhocas e outros animaizinhos que não se dão com seus antibióticos. E, além disso, bactérias também podem entrar nas raízes, formando pequenos nódulos onde fixam nitrogênio.

Isso era demais para os fungos:

– Fazem isso somente em algumas leguminosas, e nós ajudamos em todas as plantas. E, sem alguns fungos acossando as bactérias noduladoras, elas morreriam de tédio, e não fixariam nada.

A terra não quis mais brigar:

– Todos são necessários, e se um desaparecer, faria muita falta e lançaria os outros em apuros. E minha vida iria continuar aos trancos e solavancos, cheio de sustos e de alternativas de emergência. Por isso, não quero mais antibióticos na camada superficial. No subsolo estão muito bem acomodados.

Os fungos resmungaram algo sobre protecionismo, mas finalmente se acalmaram.

As estrelas brilhavam no céu, como sempre, e os colêmbolos, estes incríveis saltadores, os ácaros, as aranhas, os besouros, as centopeias e outros corriam sobre o campo à procura de algum petisco extra. Mas, quando veio o sol, todos se refugiaram novamente na terra fresca. Só as formigas corriam e gritavam suas ordens.

Mas, um dia, vieram os tratores. Os motores roncavam e expulsavam um arzinho quente e malcheiroso pelas chaminés, e, quando faziam algum esforço, soltavam uma fumaça densa e preta. Os engates dos hidráulicos baixavam os arados com seus discos enormes, brilhando na luz da aurora, que cortavam a terra profundamente. Os tratores potentes puxavam calmamente os arados, revolvendo a terra até 40 cm de profundidade. Quebravam a laje e viravam torrões enormes à superfície.

A terra gritou:

– Não, não podem fazer isso!

Mas os discos riam:

– Claro que podemos. Quem é que vai nos proibir?

– Mas não podem virar a minha pele porosa para dentro e minhas tripas para fora.

– Não se preocupe. Depois, passam o rolo destorroador e você vai ficar mansinha e lisinha que é uma beleza – sibilaram os discos.

A terra ficou desesperada:

– Não me preocupo com a beleza, mas quem é que pode viver com as entranhas para fora? Vou morrer!

O arado parecia surpreso:

– Terra não tem vida, é somente pedra moída e dissolvida e recristalizada ou, sei lá o quê.

– Tem vida! – gritaram os mentrastos. Mas os discos já os tinham pegado e os revolveram para baixo da terra, abafando suas vozes.

– Não, por favor, não. Vocês não podem nos enterrar – gemiam as bactérias.

– Isso é assunto seu, não temos nada a ver com isso – diziam os discos algo aborrecidos.

– Tenham dó! – suplicavam os bichinhos da terra.

– Vocês não podem nos virar para cima, expondo-nos ao sol.

– Ai, morreremos de calor e sede.

– Isso não é problema nosso – cantavam os discos, que em cada volta espelhavam o sol, jogando reflexos de luz por cima do campo. Sentiam-se poderosos e adoravam ver como tudo se curvava diante de sua força.

Com os torrões, também subiam os antibióticos. Faziam uma algazarra horrível, rindo e gritando.

– Agora, sim, agora somos nós que mandamos!

Os bichinhos da terra corriam para se salvar, mas os passarinhos faziam a festa. Engoliam tudo que podiam.

– Gracias, Gracias – chilraram. E o quero-quero pavoneava sobre o campo catando besouros e minhocas, e até os gaviões pousavam para apanhar algumas larvas gordas ou até mesmo ratinhos.

– Ladrões, ladrões – Saquear depois de uma catástrofe é crime! Pilhadores marotos! – gritava a terra.

Mas ninguém se importava e o quero-quero começou a gritar:

– Quero mais, quero mais – e todos riram da piada.

A água que estava nos poros da terra fugiu apavorada para o ar, cobrindo o campo com uma neblina fina. Mas o vento a levou logo.

– Eu mobilizo a terra – disse o arado com orgulho e brilho.

– Mobiliza nada – disse a terra asperamente.

O arado se admirou:

– Mas não estou arejando suas entranhas, estas camadas duras, doentias, que eram tão anaeróbias?

A terra se exasperou:

– Mas para quê? Lá não tem húmus, nem vida. As lajes se formaram pelo mau trato que me deram. Elas estão mortas. Vocês mobilizam somente defunto!

– Pois é. Eu avivo estas camadas mortas – disse o arado já irritado.

– Aviva nada. Para haver vida precisa-se de comida, que no meu caso é algum material orgânico como folhas, palha, raízes, bactérias mortas, excrementos de bichinhos. Mas, aqui, não existe nada disso.

O arado ficou bravo:

– O que é que você quer que eu faça?

– Passar mais superficial e arrebentar estas lajes somente com algum bico de cultivador ou subsolador ou pé de pato, e plantar algo que enraíza as fendas e as rachaduras assim criadas para possibilitar a vida – respondeu a terra mansinha e humilde.

– É muito trabalho! Assim é mais fácil – ponderou o arado.

E os antibióticos começaram a rir:

– Calma, calma, quem é mobilizado somos nós. Mobilizados e liberados, mãezinha terra carrancuda.

Isso era demais para a terra e ela desmaiou.

"Seu Mané", vendo todos estes torrões, mandou o rolo destorroador. Passou uma vez e depois mais uma vez em sentido cruzado. Fez um serviço ótimo. Depois, veio ainda a grade niveladora e o campo ficou planinho e bonito, como hortado.

– As sementes hão de agradecer! Faz tempo que não fazia um preparo de solo tão caprichado, tão perfeito. A terra estava muito estragada – ele tinha reparado isso nas colheitas que diminuíam ano a ano, apesar de todos os adubos que tinha aplicado. E somente a terra estragada vira torrões destes à superfície, quando arada.

Plantou soja com bastante adubo, apesar do financiamento a juros altos. A terra sempre gostou de sementes. Adorava sentir a vida brotar. De adubo comprado, não gostava, mas este era um costume dos homens, tinha de conviver com isso e sofrer as consequências. Nunca jogavam sementes sem adubar. Era uma filosofia deles, algo estranho. Primeiro, deixam a terra nua e desprotegida, formando as crostas superficiais e as lajes subsuperficiais (formadas sobre a soleira de arrasto do arado ou da grade) por meio da violência das chuvas e os grumos que são despedaçados. E a argila era ali depositada pela água turva que se infiltrava também, impermeabilizando a terra. As raízes não conseguiam mais quebrar essa camada dura, a laje, uma vez que lhes faltava o boro para ter força, também porque a água já não passava livremente por ali. Então, cresciam cada vez mais superficialmente, explorando cada vez menos a terra. Aí, jogavam o adubo para compensar a falta de espaço para as raízes. Como era muito adubo em forma de sais solúveis, para uma pequena camada de terra, as raízes não podiam mais conseguir o suficiente em água para viver com todo esse sal. Começou-se a irrigar para diluir esta salmoura.

E quando nada adiantava mais, resolveu-se arar bem profundo para quebrar esta laje e as raízes ganharem mais espaço. Os homens que estudaram muito deviam saber o porquê. Porque virar a terra morta para a superfície somente poderia gerar outra laje, pior que a primeira, pois a terra com partículas dispersas, não coladas pelas geleias bacterianas e amarradas pelas hifas dos fungos, não resiste mais à chuva, encrostando rapidamente. Não tinha mais grumos e poros. Estava tudo reduzido a pó, pulverizado! E a chuva escorria. Como dizia a toupeira velha que morava no meio do pasto:

– A cada bichinho, seu prazerzinho, e a cada macaco, seu galho.

– Agora, também mataram esse pasto por colapso hepático com uma mistura de herbicidas, parte da qual constituiu o mesmo agente químico com que desfolharam as matas durante a guerra no Vietnam e que, por causa disso, quase virou deserto. Coitado! E a toupeira tratou de fugir o mais rápido possível.

Do adubo, a terra não gostava, mas das sementes, sim, porém se assustou com o herbicida que lançaram antes do plantio. Não compreendeu bem porque, uma vez virada a camada repleta de antibióticos para a superfície, não tinha muita semente de mato para germinar. Lá embaixo, tudo era muito estéril. Derrubaram também as últimas árvores, para melhor motomecanizar. Assim, entrou um pouco mais de vento. Mas a terra já nem ligou mais.

E, depois, veio a chuva. Como a terra gostava de chuva! Mas, desta vez, não era amigável. As gotas caíam, batendo com força na terra desprotegida e pulverizada, porém, neste pó, não podiam entrar facilmente.

– Ai, ai. Vocês me machucam! – gritou a terra.

As gotas de chuva se desculparam, porque não podiam voltar mais às nuvens. Tinham que cair ali mesmo. O problema é que faltava proteção para a terra, para amortecer a queda das gotinhas. Mas quando estavam no campo, não achavam as portinhas dos túneis ou poros. Batiam desesperadamente em muitos lugares para ver se alguém abria. Mas, nada. A terra encrostou na superfície, por causa da violência da chuva e as gotinhas, que não puderam entrar, gritavam:

– Ajudem, temos de entrar, temos de infiltrar-nos na terra.

Finalmente, gritaram em pânico: – Não o tome por mal, querida terra, mas não podemos fazer fila em frente de um buraquinho minúsculo para ver se conseguimos entrar.

E se foram embora ladeira abaixo, levando terra, cavando sulcos, erodindo o campo. E os rios que, de repente, receberam toda água de uma só vez, encheram, inundaram campos e cidades, assorearam represas que encontravam pelo caminho. Era um desastre pavoroso. E o "Seu Mané" se apavorou quando viu os sulcos em seu campo, e os homens da cidade se horrorizavam, culpando a Deus por este flagelo. Mas a terra protestou:

– O "Seu Mané" não é Deus e nunca o foi. Você fez tudo isso com seu arado potente.

Mas o arado, que ainda estava na beira do campo, contestou:

– Não fui eu, foi o trator que era potente demais e me deixou entrar tão profundo na terra.

O pardal contou isso ao trator e este disse:

– Não fui eu quem baixou tanto o hidráulico, foi o tratorista!

Mas o tratorista, quando soube disso, se defendeu:

– Foi o "Seu Mané" que me mandou fazer essa aração profunda.

Mas o "Seu Mané" quando viu todo esse desastre não se sentiu culpado:

– Fui aconselhado a fazer isso porque a terra já estava dura demais. Não sabia que ia terminar assim. Pensei que tinha feito a coisa mais bem feita do mundo.

O trator ficou furioso:

– Se não sabe pensar, então não pense. Pensar é coisa de sorte, e esta você definitivamente não teve. E como você explicará isso aos milhares de desabrigados e flagelados das enchentes? Dizer "desculpe, não sabia"?

– Estão culpando a Deus e não sabem que fui eu – disse "Seu Mané" algo aliviado.

As sementinhas de soja se mexeram, nasciam e queriam subir à superfície da terra, mas a crosta na superfície da terra formada pela chuva era seca e dura demais. Muitas não tinham a força para quebrá-la. Choravam e imploravam:

– Por favor, ajudem-nos a emergir, a sair da terra. Estamos presas, temos que sair para o sol.

A terra se mexeu, se movimentou e rachou, e mais algumas conseguiram sair pelas fendas e frestas que se abriam. Outras fizeram tentativas sobre tentativas, mas não o conseguiram. Finalmente aceitaram sua condenação de nunca poder ver o sol, nunca poder crescer, florir e frutificar. E, para encurtar a prisão, vieram os fungos que as comeram.

– Como as sementes são ruins. Nasceram tão irregulares e falhas – dizia "Seu Mané".

A terra ficou triste. Nenhuma planta nativa apareceu. Os herbicidas junto com os antibióticos se associaram e tornaram a terra inabitável. E, a cada vez que chovia, a erosão se tornava pior. A chuva nem penetrava mais na terra. Escorria diretamente, e poucos dias depois a seca já castigava. O ciclo da água se interrompeu e ficou curto, muito curto. Vinha do mar, chovia, escorria e voltava imediatamente ao mar.

– Por favor, não me deixem morrer de sede! – suplicou a terra e, com ela, as plantinhas de soja nascidas. Mas as gotinhas de chuva só podiam dar uma leve carícia à terra e fugir.

As sementes que nasceram se queixaram de pouca água. O adubo colocado bem perto de suas raízes não foi procurado pelas raízes. Ele chamou:

– Estou aqui.

As raízes vieram para inspecioná-lo:

– Parece bom, mas não podemos te engolir em pelotas. Falta água. Teria que estar dissolvido.

Todos começaram a rezar: – Ajude, Nosso Senhor, ajude.

Deus olhou a terra tão estragada e disse:

– Dei você aos homens. É o livre arbítrio deles. Não seria democrático se interviesse fazendo milagre. Não posso ferir a liberdade deles. Se o homem acha que tem a liberdade de destruir a terra, o meio ambiente, a si mesmo, tenho que deixá-lo. Parece que desta vez será exterminado sem dilúvio.

"Seu Mané" não colheu a soja. Abandonou o campo que não prestava mais e que somente deu um tremendo prejuízo.

Agora, virão as plantinhas amigas para me curar, pensou a terra. Mas não contou com o pacto dos herbicidas com os antibióticos, era um pacto satânico, poderoso, que nenhuma plantinha podia burlar.

Apareceu um saci, olhou a terra nua e sulcada pela erosão, deu uma risadinha, esfregou as mãozinhas, tirou uma baforada de seu cachimbo e disse:

– Isto é alta tecnologia para criar deserto – balançou a cabeça, sacudiu as orelhas e se foi pulando em sua única perna.

O ZEQUINHA DO JEGUE

Ninguém diria que Zeca, este menino miúdo e franzino, já tinha oito anos. E os tinha bem contados! Sua pele bronzeada se esticava sobre os ossos ressaltados de seu rostinho magro, e seus cabelos encaracolados tinham um tom para o ruivo, denunciando fome. Vivia no sertão e o companheiro mais fiel era a seca e, em sua sequela, a fome. Se não fosse seu estilingue com que caçava rolinhas e perdizes, e de vez em quando, uma lagartixa, nunca teria provado carne.

Seu maior suplício era ir à escola. Cada dia um caminho de 5 km. E se não tivesse seu querido jegue, Pete, e seu companheiro Pluto, um cachorrinho faminto da nobre raça dos vira-latas, já teria desistido faz tempo. Mas essa cavalgada, ao raiar do dia, tinha algo de fascinante e compensava as horas a fio que depois tinha que ficar sentado num banco estreito, escutando as palavras monótonas da professora, que nunca tinha dito algo que lhe interessasse. E, enquanto isso, lá fora, brilhava o sol e cantarolavam os passarinhos.

Tinha chovido anteontem e agora tudo estava brotado.

– Um pouco de chuva e já produz.

Zequinha olhava os brotos e os ramos que ontem ainda estavam pelados, pensou na terra boa, na seca e na fome. Pensou em muita coisa, mas especialmente no seu amigo Percílio, o índio de Minas Gerais, que semi-índio, seminegro, com sua pele escura, e seus cabelos lisos, sem barba como os índios, mas alto e musculoso como os negros, tinha um encanto todo especial do qual ninguém podia fugir. Apesar de sua idade avançada, era ainda muito ativo; mostrava ao Zequinha as maravilhas do sertão e lhe fazia ver as coisas que somente índio vê. Percílio era muito inteligente e sabia de tudo. A fama de sábio lhe envolvia como uma auréola. Um dia, Zequinha perguntou com toda sua inocência infantil:

– Como é que analfabeto podia ser tão inteligente?

Percílio o olhou com um brilho estranho nos olhos e disse:

– Primeiro, analfabeto somente quer dizer que não sabe ler e escrever, e isso nada tem a ver com a inteligência. É somente uma habilidade que se aprendeu, conforme o lugar em que se mora. Segundo, vou lhe mostrar um segredo. É segredo de homem para homem. Você vai calar?

Zequinha prometeu, quase arrebentando de orgulho, e Percílio lhe levou a um quartinho escuro, abarrotado de jornais, o *Diário Oficial*.

– Para quê, isso? Espantou-se.

– Olhe, como já não sou bom pajé, algum feitiço a gente tem que ter. Sei ler, sim, mas os outros não o precisam saber – disse o índio.

E todos acreditavam na sabedoria paranormal do índio!

– Agora, é segredo de nós dois. Não vai me trair?

E Zequinha botou sua mão pequena e magra na grande e calejada de Percílio e selaram o contrato. Não iria falar, mesmo se lhe batessem. E aí nasceu uma amizade estranha e profunda entre o índio e o menino.

Percílio lhe contou muita coisa sobre a terra que amava muito e sempre dizia:

– Somos filhos da terra. E mesmo maltratada, sedenta e poeirenta, é uma terra boa.

Neste ínterim, alcançou a escola que já fervilhava de crianças. Quando o enxergaram, gritaram:

– Zequinha do jegue, Zequinha do jegue... – a aula já ia começar. A professora falava e falava sempre de geografia. E Zequinha não podia compreender para que isso servia. Pensou na terra, nos brotos verdes, nos lagartos que iam roubar os ovos das galinhas...

– O que falei? – gritou a professora e fitou Zeca com olhar lancinante. Este, assustado, acordou de seus sonhos, baixou a cabeça e não sabia.

– Falei que a terra é achatada! – disse a professora em tom ameaçador.

– Que é achatada? – Zeca quis saber.

Aí a moça perdeu os nervos, e não era para menos, porque tinha explicado isso durante mais de uma hora.

– Chata! – ela berrou. Agora, Zeca acordou completamente, sentiu o cheiro da terra úmida e recordou as palavras do índio:

– A terra é boa.

E aí ele contestou a moça:

– A terra não é chata, ela é boa, só a chuva está faltando.

– Ela é chata – gritou a mestra, referindo-se ao globo terrestre.

– Ela não é chata – berrou agora também Zequinha, pensando na terra fértil do campo. – Quem é chata é a senhora.

E a professora furiosa cortou o almoço de Zeca como castigo. Zeca arregalou os olhos. Não iria receber a sopa de hoje, não iria comer nada, hoje, porque em casa contavam com essa merenda escolar. Lá não tinha comida para ele. Irrompeu em lágrimas e se precipitou para fora, agarrou seu jegue e se foi a galope. Não podia ir para casa, onde uma surra o esperava na certa. Pegou o leito seco de um antigo riacho que tinha água quando ainda tudo era mata. Agora, somente corria água quando chovia. Por isso, o Padre Cícero sempre dizia:

– Plantem cada dia uma árvore e a seca do Sertão acabará.

Seguiu o leito seco até a cabana do índio Percílio. Este iria compreender. Lá estava ele, sentado em frente de sua choça de taquara, com as paredes tão ralas que se podia ver todo movimento dentro da casa.

O índio enrolou seu pito com muito cuidado e paciência e não tomou conhecimento do menino que já o cumprimentava de longe. Rolar um pito é assunto sério de homem e criança não podia interromper. Só quando o cigarro de palha já estava no canto da boca, aceso, e depois das primeiras baforadas, tomou conhecimento da presença do Zequinha.

– Está matando aula? – quis saber.

O menino ficou encabulado e Percílio apanhou uma rodela de inhame cozido que ainda estava em sua tigela e a deu a Zeca. Nada melhor que um pouco de comida para tirar o acanhamento! O menino a devorou com uma fome voraz. Depois ficaram sentados e calados, um ao lado do outro. Finalmente, Zequinha começou.

– A professora disse que a terra é chata, mas você me disse que sou filho dessa terra. Filho de chata não sou – e depois acrescentou:

– Quando disse que a professora era a chata, ela cortou meu almoço.

Zeca engoliu suas lágrimas que novamente começaram a brotar, marejando seus olhos. Percílio percebeu o dilema. Não disse nada sobre isso, somente falou:

– Nuna, traga mais algumas rodelas de inhame com manteiga-do-sertão e umas colheradas de coalhada. E, enquanto Zeca comia, o índio fingiu não o ver, observando-o somente de soslaio. Parecia concentrado num bando de anus que se balançava nos galhos de uma charuteira coberta de cachos de flores cor de rosa, enquanto estudava a expressão do petiz. Terminado, Zequinha limpou a boca com a costa da mão, dobrou as mãozinhas como numa prece, como a mãe havia lhe ensinado, e disse:

– Deus lhe pague!

– Amém – respondeu Nuna da profundidade de seu coração, para fixar o bom desejo, esperando que Deus lhe fosse pagar de alguma maneira ou outra, porque o Zeca comera o último restinho de coalhada que tinha em casa.

– Você também é filho da terra? – finalmente quis saber Zeca.

– Sou – disse Percílio com profunda convicção.

– Mas como? – interrogou o menino. E o cheiro da terra molhada lhe enchia as narinas.

– Olha, ensinam nas escolas que somos filhos de nossos pais. Não é de todo errado, mas também não é inteiramente correto. Pai e mãe nos dão somente um microcomputadorzinho com toda programação para a formação de nosso corpo: o tamanho, a forma do rosto, a cor dos olhos e cabelos, a inteligência, tudo, tudo é aqui programado. É como um projeto de uma casa feita por um arquiteto. Mas é somente o projeto, indicando os menores detalhes. Mas ainda não é a casa. Esta tem que ser feita de material que vem de outros lugares. Se o material é especificado no projeto, a casa fica bonita, se é inferior ou se faltarem algumas coisas a casa fica miserável. E se faltar o material para o acabamento tem que procurar uma solução de emergência para poder acabar a casa, que fica bem diferente daquilo que foi programado. Assim também é a gente. Os pais dão somente o projeto de um novo ser humano. Chamam isso, salvo engano, de padrão-genético – Zeca ficou impressionado.

– Como você sabe tudo isso?

– Tenho tempo para especular e também tenho um radiozinho – disse o índio.

– E meu material de construção veio da terra?

Aí Zeca ouviu uma risada da roça nova ao lado da casa. Quem será?

– A terra que riu, porque você não sabia disso.

Zeca se espantou:

– Mas a terra não fala nem ri!

– Fala sim, se você abrir seu coração, porque somente ouvidos do coração a ouvem. Você gosta da terra?

Zequinha ficou sério.

– Devo gostar, se perdi meu almoço por causa dela. Não se luta por alguém que não se gosta!

Aí a terra interveio:

– Mas não foi por causa de amor por mim, foi porque não quis ser filho de uma chata, não foi?

Zequinha admitiu.

– Olha, molequinho, embora seja miúdo, você tem ossos e sangue, nervos, carne, músculos e pele. E de onde você acha que veio esse material para formar tudo isso?

Zeca já queria dizer dos seus pais, mas depois se lembrou que não comia pais, mas comida, e que veio do campo, e as plantas cresciam com isso que tiravam da terra. Hesitou um pouco e, enojado, disse:

– De você! – mas mesmo assim, não podia imaginar bem como os ossos e o sangue vinham da terra, através das plantas. A terra riu.

– Não recebe ossos e sangue. O que recebe são minerais que as plantas tiram de mim e que você recebe na comida e com os quais, com a ajuda do seu microcomputadorzinho, se constrói, agora, seu corpo. Se seu pai não souber tratar bem a terra, você não receberá tudo que seu programa exige e a construção de seu corpo seguirá nas alternativas. E aí ficará menor, mais fraco e menos inteligente. E se o fazendeiro aplicar adubo químico comum espantará os outros minerais e as plantas ficarão fracas. A comida vai ser fraca, e as crianças crescerão fracas. As frutas e os grãos poderão ser graúdos e bonitos, mas parecem como pacotes bem acondicionados, porém vazios. Se esqueceu do conteúdo.

Zeca se espantou.

– Mas como se sabe se a terra é bem tratada?

Aí Percílio se meteu na conversa:

– Muito simples, planta forte não tem peste nem praga e medra bem. Em terra maltratada, as plantas são pesteadas e atacadas por insetos. Quanto mais veneno se tem de pulverizar nas lavouras, é sinal que tanto mais doente está a terra, e tanto mais fracas são as plantas. A terra doentia e fraca somente pode formar gente doentia e fraca.

Zequinha franziu a testa e pensou intensamente. Finalmente, um sorriso brilhou em seu rostinho.

– Então, não é por causa da terra que temos que tratá-la bem, mas por causa de nós, mesmos?

– Exato – disse a terra – Eu, as plantas, os animais, vocês todos dependemos um do outro. Você pode me estragar, mas eu lhes estrago também!

– Devagar, devagar, não precisa ser tão agressiva, o menino não lhe fez nada – interveio o índio.

– Desculpe. Só queria lembrar o fato – disse a terra

– E os outros não sabem disso? – se admirou Zeca.

– Sabem, mas não o querem saber. O que querem é somente dinheiro. Destroem tudo para tirar suas supersafras durante uns anos. O que vem depois, não interessa. Zequinha não concorda.

– Aí, no mínimo teria comida, fartura de comida! – e ele imagina poder comer uma vez tanto que pudesse dizer: agora estou satisfeito, não posso mais. Mas o índio o olhou triste.

– Não tem não! Não plantam comida, plantam somente cana e outros produtos de exportação e fica cada vez menos para nós comermos. Mas, assim, eles ganham dinheiro para poder pagar o luxo que querem ter, especialmente carros, aparelhos eletrônicos, coisas raras e finas. E, aí, necessitam construir represas enormes para ter a energia para poderem usar muitas dessas coisas supérfluas, destroem as terras e as matas, matam os animais, deslocam os caboclos.

— Mas, então, estão destruindo a si mesmos quando destroem a terra — espanta-se o menino que agora compreendeu.

— E tudo por causa do dinheiro — observa a terra.

— E o que o dinheiro poderá fazer se ficar sozinho e não tiver mais gente?

O índio ri:

— Ser varrido pelo vento; pois é só papel!

O HIDROGÊNIO

Vocês acreditam que os minerais mais valiosos sejam o ouro e a prata, ou o ferro e o cobre? Ou acham que estes, na forma de cristais coloridos, como o rubi e esmeralda, sejam mais valiosos? Sabem por que se chama alguma coisa de preciosa? Porque existe pouco e muitos a querem. Se ninguém a procurasse não iria valer nada. Mas tem coisas que nos parecem muito comuns, e mesmo assim se faltar, morreremos, como, por exemplo, a água e o oxigênio.

Sabiam que toda matéria é simplesmente energia? Energia concentrada? Também as rochas, os minerais, a terra, tudo é energia. E quando a terra era somente energia e os minerais se formaram,alguns conseguiram apanhar mais prótons e elétrons e outros menos. Os que apanharam muitos, chamam-se de metais pesados, como plutônio ou o urânio, outros conseguiram poucos, como o hidrogênio, que somente conseguiu um único próton e um elétron, porque era tímido demais para entrar na competição. Os outros riram dele:

– Ha-ha-ha, dorminhoco, pegou somente um próton!

Com um próton nem conseguia formar matéria firme, sólida, tinha de continuar um gás, o gás mais leve que existe. Mas, como ficou muito ressentido, se tornou tão furioso que se inflamava por nada. Mas também para os outros nem tudo era alegria. Do urânio fugiu o hélio, um gás, que levou-lhe quatro prótons... Isso deixou o urânio tão envergonhado que deixou de ser orgulhoso e radioativo e se transformou numa simples substância prateada, o chumbo.

Gases são minerais? O urânio dizia que sim, com um olhar furtivo ao hélio. O hidrogênio disse que não, não querendo ter nada em comum com estas criaturas orgulhosas e maliciosas. E enquanto todos os minerais se orgulhavam de sua forma e de seu brilho e de seu papel na terra, o hidrogênio ficou triste. Que forma, cor e utilidade tinha ele?

Aí Deus o chamou e disse:

– Como Eu sou o início e o fim, o alfa e o ômega, quero que você seja o início de tudo que tenha vida, e que criarei neste mundo.

E depois chamou o oxigênio e disse:

– Você dará vida, mas também será o fim de tudo. O que o hidrogênio formar, você destruirá para que a vida possa continuar. E, assim, cada decomposição será uma oxidação. Dou-lhes também poder sobre os minerais que podem corroer. Somente os que são metais com brilho de sol e de lua, sobre estes não terão poder. Daqui em diante, sejam companheiros! – e numa explosão de imensa alegria os dois se abraçaram e saíram unidos na forma de um líquido cristalino, a água. Substância das mais importantes para a vida, seja na forma sólida, líquida ou gasosa.

Agora os outros minerais não se comportavam mais tão orgulhosos, porque Deus tinha escolhido o hidrogênio e todos queriam se juntar a ele. E descobriram uma dança alegre com troca de parceiro. Juntavam-se com o hidrogênio, depois batiam palmas e se juntavam com o oxigênio, ou, às vezes, pegavam os dois juntos. Mas, de vez em quando, dava uma reação violenta, porque os ácidos ou álcalis que formavam eram muito fortes. Mas nenhum dos minerais pode ficar sem oxigênio ou sem hidrogênio como castigo por terem rido deles.

E, na formação de matéria viva, começando com as plantas, muitos minerais podiam ajudar, mas somente aqueles que não zombaram do hidrogênio podiam participar. Por isso, o hidrogênio escolheu somente gases como o carbono ou nitrogênio para formar as plantas, mas também o enxofre, e quem o ajudou foi a própria luz, a energia, que Deus mandou à Terra.

Os outros minerais ficaram na terra e não sabiam como participar na vida. Aí, a água os procurou e os dissolveu. Porém eles se agarravam na argila por considerar tudo muito inseguro e não queriam sair. O próprio hidrogênio teve que fazer um trato com a argila, e esta exigiu que ficasse como refém em lugar dos minerais que a água levou. As raízes das plantas vieram e absorveram os minerais independente se queriam ou não.

Mas sempre que os minerais podiam, faziam arte e, assim, quando uma raiz procurava potássio, às vezes entrava o rubídio ou o sódio, e se queria cálcio aparecia o césio. Mas o hidrogênio somente ria. Aí, os minerais ficavam furiosos, e como não podiam ficar sozinhos, se juntavam ao oxigênio. Mas o hidrogênio não se importava. Era feitor de Deus e estas briguinhas não o atingiam. Formou amidos e açúcares, celulose e ácidos orgânicos, ácidos graxos, óleos, proteínas e vitaminas, enzimas e alcoóis, fenóis, corantes e flavonas aromáticas, enfim o que a vida conseguia produzir. O fósforo, ferro, magnésio o ajudavam a captar a luz e transformá-la em substâncias vivas. O cálcio tinha que zelar as entradas na planta, o potássio era o laboratorista mais requisitado, o boro se encarregava do transporte das substâncias das folhas para a raiz, o cobre removia o lixo, mas também ficava com um olho no nitrogênio, vigiando-o. O zinco vigiava o fósforo, o boro o potássio, o manganês o cálcio, era uma desconfiança geral. Todavia não era para menos: tratava-se da própria vida!

E como o hidrogênio era muito inteligente, adaptou toda vida às manias e gênios dos minerais e tudo funcionava bem. Até que um belo dia o homem entrou. Não sabia de nada. Nem conhecia os ajustes e contratos e acordos entre o hidrogênio e os minerais. E, como um elefante numa loja de cristais, destruiu tudo. Passou com suas máquinas pesadas sobre a terra, arou-a, profundamente, virou a terra do fundo à superfície, deixou-a limpa, nua e desprotegida. Finalmente, jogou como adubo os minerais que ele achava importantes, mas que agora não estavam mais sob controle algum.

A água das chuvas que caía compactava a terra ainda mais que as máquinas e, de repente, faltou oxigênio. Não tinha mais como entrar no solo. Os minerais que estavam firmemente agarrados ao oxigênio foram arrancados dele, porque as bactérias sofriam de falta de oxigênio. E precisavam dele. Mas os minerais não podiam ficar sozinhos. Fazer o quê? O hidrogênio veio e viu a calamidade. Os minerais estavam em pânico.

– Temos que ficar com alguém, sozinhos não tem condições – gritaram. E aí, o enxofre teve a ideia salvadora: se agarrou ao hidrogênio e os outros o seguiram; o nitrogênio, o carbono, o manganês o ferro... Todos pegaram firmemente o hidrogênio como última salvação. O hidrogênio sabia que não era por amor, mas simplesmente como solução de emergência. Mas, de repente, verificou que não era solução nenhuma. As raízes das plantas entravam, se apavoravam e as que foram obrigadas a conviver com os minerais ligados ao hidrogênio se sentiam mal, horrivelmente mal. O enxofre cheirava mal, igual a um ovo podre; o carbono, agora, tinha o cheiro nojento de esgoto; o nitrogênio se tornou cáustico e, em boa parte, fugiu da terra; ainda era o melhor que podia fazer; o manganês e o ferro se tornaram tóxicos, o alumínio tóxico se infiltrou, o fósforo se escondeu e assim aconteceu com todos. A bagunça estava feita.

– Isso não é mais nutriente, reclamavam as raízes.

As plantas ficaram famintas, retiravam suas energias estocadas, as raízes ficaram tão fracas, que mal podiam absorver água e finalmente as plantas floresceram prematuramente, para pelo menos produzir algumas sementes.

As bactérias aeróbias entraram em repouso. Como iriam viver sem oxigênio? As bactérias anaeróbias (não precisam de oxigênio para viver) fizeram a festa, produziam ácidos que as plantas até podiam utilizar, mas que intoxicavam a terra. Finalmente, as plantas também entraram na bagunça geral e começaram a fermentar suas substâncias produzindo álcool, mas o qual não podiam utilizar e só tinham que jogá-lo fora. Logo, ao redor das raízes formou-se um ambiente insuportável, cheio de lixo, poluído como as cidades onde os homens moram.

O hidrogênio foi até Deus e disse:

– Senhor, quem é que manda na terra? Nesta bagunça não posso fazer mais nada. Você não me mandou ajudar na criação da vida? Mas, deste jeito, não dá. Os homens se intrometem da maneira mais imbecil.

Deus o olhou longamente e disse:

– Dei o mundo e o livre arbítrio aos homens. A partir disso, fizeram o que queriam.

– Mas os homens não são também somente natureza? – perguntou o hidrogênio. Eles não vivem somente das plantas e dos animais que se nutrem delas?

– São, e, de agora em diante, você tem que servir ao homem em sua exterminação – confirmou Deus.

O hidrogênio ficou de boca aberta.

– Exterminação? Você permite que a vida se acabe, termine numa bagunça infernal?

– Você vai servir ao homem até o fim.

– Carregando venenos, toxinas e lixo? – o hidrogênio se revoltou.

– Isso mesmo, você foi meu feitor da vida, agora será meu feitor da morte!

O hidrogênio baixou sua cabeça e se foi: tornou tóxicos os minerais, transportou venenos nos rios, envenenou os poços, acabou com a vida na terra, semeou morte e destruição. Sentiu que seu poder era imenso, mas isso não o alegrava. Tinha que exterminar tudo que tão cuidadosamente tinha feito. Desejava ardentemente ser um gás insignificante, desprestigiado e ridicularizado. Não queria esse poder de destruição. Sentou e chorou amargamente por sua hedionda missão. Será que homem algum vai se dar conta da situação antes que seja tarde demais?

O NITROGÊNIO

O nitrogênio pairava no ar, balançando expandindo, encolhendo e subindo, tomando banho de sol. É o dono absoluto do ar, ocupando 79%, seguido timidamente pelo oxigênio que somente participava com um pouco menos de 21%. Ele se aborrecia bastante porque todos, quando falavam de ar, se referiam quase que exclusivamente ao oxigênio, e quase ninguém se lembrava do nitrogênio. Isso porque os homens e animais inspiram o oxigênio, sendo ele a fonte de vida. Uns poucos minutos sem o suficiente em oxigênio e o cérebro morre. Mas o nitrogênio achava graça que as plantas, embora pisoteadas por todos, jogavam o oxigênio fora como lixo, e os homens que se consideravam a coroa da criação, inspiravam avidamente este lixo vegetal, tão indispensável para sua vida.

Mas, nos últimos tempos, parecia que os homens também não necessitavam mais tanto do oxigênio. Eliminam-no onde podem, queimando-o em seus altos fornos e fábricas, nos motores de combustão, como de automóveis e aviões ou usinas termoelétricas. Sobre os continentes já existe muito menos oxigênio do que se precisa para o consumo em motores e para a vida humana. E quando o ar esquenta, a quantidade no ar diminui mais ainda, causando tontura. O mar é o fornecedor principal deste "lixo" precioso, mas parece que os homens foram tomados duma verdadeira mania suicida, provocando levianamente estes desastres de super-petroleiros que pouco a pouco cobrem suas águas com uma camada de óleo finíssima, mas mortal. Aí, se acabará também o fornecimento do oxigênio.

O nitrogênio fica pensativo. Será que os homens querem voltar à atmosfera primitiva porque descobriram como utilizar a amônia, diretamente? Ou não querem mais utilizar somente "lixo" vegetal para manter suas vidas? Ou talvez queiram fazer concorrência às plantas, utilizando, como elas, o gás carbônico, que nos últimos tempos aumentou desproporcionalmente? Já aumentou em 12%, o que ultrapassa, de longe, as possibilidades das plantas em utilizá-lo, especialmente porque os homens eliminaram muitas das plantas maiores, como as árvores.

O nitrogênio se expandia preguiçosamente. Conhecia as aflições do oxigênio que era loucamente perseguido pelos homens, de modo que seu espaço ficava-lhe mais cômodo porque o gás carbônico não o incomodava. Ninguém podia compreender o que estes seres humanos finalmente pretendiam. O oxigênio suspeitava que talvez tivessem entrado no clube dos "kamikazes", aqueles pilotos japoneses suicidas. Somente ainda ninguém descobriu o que os homens atuais almejam. Talvez dinheiro?

Mas o nitrogênio sabia muito bem que sem ele não haveria vida neste planeta. E os homens também o sabiam. Por isso tentavam captá-lo em enormes fábricas. Captavam-no como amônia, como nitratos ou cianamidas ligadas ao cálcio e até conseguiam formas semivivas como a ureia, peça básica a partir do qual se construíam as proteínas. Mas as quantidades captadas, por enquanto, eram insignificantes. Porém, os homens descobriram outra coisa. Depois de verificar que de queijo se podia fazer fios para tecelagem, começaram a procurar proteínas artificiais. E, nesta busca, chegaram às substâncias como polietilenos, poliestirenos e resinas acrílicas, enfim os plásticos, que a natureza não produz e que, portanto, também não desenvolveu processos biológicos para decompor e reciclar. Ligaram hidrogênio-carbono-nitrogênio e produziram a buna, a borracha artificial; ligaram enxofre-nitrogênio e produziram antibióticos poderosíssimos, como as sulfaminas. Mas, tudo isso o nitrogênio ainda não achava tão ruim, embora não gostasse muito dessa superquímica. Ele se envergonhou muito quando o usaram abertamente para matar, quando produziram a nitroglicerina, a base da dinamite, que antes da força atômica era o explosivo mais potente. Mas parece que também seu inventor, o químico Alfred Nobel se envergonhou de seu feito doando todo o dinheiro que ganhou com esse invento a uma Fundação que distribui prêmios para descobertas e ações em prol da vida e da paz. Mas a pior vergonha que o nitrogênio passa é quando é usado como agrotóxico. Tudo isso está fora de sua rotina normal, não há reciclagem, não há equilíbrio, há somente desperdício, contaminação, destruição.

Foi feito para circular entre céu e terra, sendo captado pelas plantas, para formar substâncias vitais, as proteínas, passando pelos animais e homens, através da alimentação, formando carne, plasma sanguíneo, enzimas, cabelos, pelos e penas e, finalmente, voltando ao ar libertado pelas bactérias. Toda a vida, das bactérias aos elefantes, depende da presença do nitrogênio. Se ele faltar, a morte não é fulminante, como na do oxigênio, simplesmente porque neste caso a vida nem se forma.

No fundo, no fundo, o homem compreendia que sem nitrogênio não haveria vida, mas como acredita somente na sua química, fez a combinação dos dois grandes "astros" do século XX: o petróleo e o nitrogênio. E aí, então, envolvendo com sua fumaça preta a baixada de Cubatão no Estado de São Paulo, a região mais poluída do mundo. Toneladas e toneladas de fuligem, cinzas e gases venenosos escapam diariamente das chaminés, que, de vez em quando deixam escapar chamas lúgubres. Aqui se refina o petróleo que fornece a gasolina, o óleo diesel, óleos lubrificantes, gás de cozinha, borracha sintética, matéria-prima para os plásticos, mas onde também se capta o nitrogênio para a produção de adubos.

Marcelo olhava para as refinarias, lá do alto da estrada velha para Santos, ainda construída no império de Dom Pedro I. Deitou-se na beira da mata sobre um tapete suave de maria-sem-vergonha ou como também a chamavam beijo-de-frade, essas balsaminas que com suas cores vivas em todos os matizes de vermelho, contrastavam tanto com esta infernalidade de Cubatão. De vez em quando, pressionava umas cápsulas em forma de pingo, que achava debaixo das folhas e que explodiam, catapultando suas sementes para longe.

Lá embaixo, neste caldeirão da morte, produzia-se o nitrogênio para as lavouras, tão indispensável para qualquer vida. Não era propriamente produzido, era captado do ar. E isso permitia nossa fartura e tantas comodidades. E os que lá viviam e trabalhavam eram sacrificados para que outros pudessem viver bem. Era o altar da tecnologia onde se sacrificavam homens, mulheres e crianças para que este deus sanguinolento concedesse bem estar a outros, que se podiam considerar os privilegiados. Isso era necessário? Diziam que sim, sem nitrogênio não haveria comida para produzir safras, precisava-se de adubo nitrogenado. Mas, como as plantas viveram antes da descoberta do petróleo, durante dezenas de milhões de anos? Petróleo se usava industrialmente somente desde uns 150 anos e adubo nitrogenado se sabe sintetizar há uns 70 anos. De onde vinha toda exuberância da mata virgem, da vegetação tropical, das pastagens e dos campos? De onde os animais tiraram suas proteínas durante milhões de anos? E entre orgulho e dúvidas Marcelo olha este produto da alta tecnologia. Não existia outra maneira de captar nitrogênio?

De repente, ouviu uma vozinha:

– Saia daqui, você me atrapalha.

– Atrapalha o quê? – admirou-se Marcelo.

– Não vê que estamos trabalhando? E para nosso trabalho, precisamos de ar. Estamos ajudando a captar nitrogênio do ar e você se deitou diretamente em cima de nossos túneis de ventilação.

– Quem é você?

Seguiu um silêncio e depois a vozinha continuou:

– Somos micorrizas, da família respeitável de fungos, mofos e cogumelos e vivemos associadas às raízes.

Marcelo desenterrou uma raiz para ver. Mas não viu nada. Era somente um fiozinho fino, a raiz, ao redor da qual pairava aparentemente areia. Não estava grudada, mas parecia suspensa no ar. Agora, a voz abafada, de antes, riu.

– Está se admirando, mas a areia não está pairando no ar ou numcampo magnético, mas firmemente segurada por nossos bracinhos, que você no máximo pode ver como uma plumagem bem fininha. Temos um contrato com a raiz. Nós lhe fornecemos fósforo e potássio, que mobilizamos da terra, e também captamos nitrogênio do ar para ela e assim a planta consegue produzir açúcar que adoramos e nos alimenta.

– No ar, tem nutrientes?

Marcelo admira-se:

– Mas claro! O nitrogênio! Fazemos isso aqui no solo de maneira limpinha, o que as fábricas lá embaixo fazem com muita poluição.

– Não se gabe demais, micorriza Mikki, dizia outra vozinha, algo rouca.

– O que você faz, executamos muito melhor. Somos bactérias fixadoras de nitrogênio de vida livre. Não mendicamos nas raízes das plantas para receber açúcar. Esperamos somente que nossas irmãzinhas celulolíticas decomponham as folhas mortas aqui no chão, e o açúcar que elas produzem, como tipo de lixo, nós utilizamos para nossa alimentação, e fornecemos nitrogênio às bactérias de decomposição, para que fiquem fortes e ativas. Somos modestas e, mesmo assim, captamos muito mais nitrogênio que vocês, fala Azo importunado. E, apesar das bactérias de vida livre, como o Azotobacter se espicharem bastante, elas continuavam invisíveis.

– Vocês não vêem essas gotículas de gordura em minhas extremidades, isso é marca de qualidade!

– Ha-ha-ha, o azo está se fazendo mais importante do que é na verdade. Nós também fixamos nitrogênio, disse Nodul.

Aquele que se chamava azo tinha desprezo e zombaria em sua voz quando retrucou:

– Você nunca fixou nada!

– Sozinho não – disse a vozinha alegre e despreocupada de Nodul.

– Mas, junto com minha amiga, fixamos mais que você. Nós dois somos uma dupla eficiente.

O azo não gostou.

– Sois uma dupla pateta – disse ele zangado.

– E você é um velho preguiçoso. Se não fossem as amebas que te amedrontam, você iria dormir sobre seus louros de "fixador de nitrogênio" que os homens lhe conferiram, porque não o sabiam melhor.

– Desculpem – se intrometeu a voz clara e decidida de Rizo. – Parece que estão brigando, mas os verdadeiros fixadores de nitrogênio somos nós, as bactérias simbióticas. As raízes nos chamam e nós entramos nelas e formamos estes pelotinhos, os nódulos, obtemos nossa alimentação da planta e em troca nós lhe captamos o nitrogênio. Aí, a planta dispõe de uma reserva maravilhosa. Esta fixação é muito caprichada, da mais alta tecnologia. Produzimos até um tipo de hemoglobina, um corante como este que tinge o sangue dos homens e animais de vermelho. Somos os rizobacter, as bactérias noduladoras.

– Coitadas – disse um fungo – As famosas bactérias noduladoras ou rizóbios que vivem grudadas nas raízes. Mas vocês não fixariam nitrogênio algum se não acossássemos vocês. Ouvi falar que muitas estirpes ou cepas, como vocês dizem, se tornaram inefetivas, não podendo fixar nada porque não havia fungos que as pusessem a trabalhar.

Agora, o Marcelo se mete na conversa:

– Está bem – tenta ele apaziguar bactérias e fungos – O que sempre se precisa é o equilíbrio entre todos. Cada um depende do outro e cada um ajuda o outro. Essa é exatamente a misteriosa corrente da vida, se um aro cai fora, a corrente está arrebentada e o sistema não funciona mais.

Se seguiu um silêncio constrangedor, depois, inesperadamente, se ouviu uma voz do alto:

– Não se esqueçam de nós. Nós somos os fixadores de nitrogênio por excelência.

– Quem é que fala agora?

– Somos bactérias fixadoras, aqui nas folhas. Vivemos nos buraquinhos das folhas, os estômatos e fixamos nitrogênio. Aqui é mais fácil, porque o ar nos ventila e este é riquíssimo em nitrogênio.

Marcelo olha plantas e árvores com muita curiosidade. Não sabia que estas tinham um sistema tão amplo de se abastecer com nitrogênio.

Mais eu aprendi que a única fonte de nitrogênio era o húmus!

– Coitado! E de onde você acha então que as folhas mortas conseguiram o seu nitrogênio?

Marcelo tentava pensar e finalmente conclui:

– Então o adubo nitrogenado não é tão importante como muitos pensam.

E o mundo não iria morrer de fome sem as fábricas de nitrogênio.

– Adubo, você fala em adubo? Fala do nitrogênio sintético? Que Deus nos guarde e acuda. Isso só em último caso, quando se fez tudo errado! Este estraga mais do que ajuda.

– Mas as plantas não o utilizam? – admira-se Marcelo.

– Utilizam-no e reagem com um crescimento acelerado, doentio e se tornam um viveiro para fungos e parasitas. Para a terra, é um desastre. Mata todos os bichinhos, desde as amebas e nematóides até as minhocas, e as bactérias fixadoras de nitrogênio entram em estado latente. O solo se acidifica, destrói-se a estrutura porosa que antes as bactérias produziam...

Uma minhoca bota a cabeça para fora de sua toca.

– Estão falando do quê? Do sulfato de amônio que estão produzindo lá em baixo, ou das cianamidas?

– Ué? Que palavras técnicas você usa. Onde aprendeu isso? – se admira uma florzinha.

A minhoca sai um pouco mais de seu túnel e diz:

– Amarga experiência de meus familiares. Tanto faz como se chamam estes adubos, para mim, são todos mortais.

Agora, também a terra se interessa:

– Evidentemente, os adubos nitrogenados sempre produzem uma porção de ácidos violentos e todo meu equilíbrio se perde. Instala-se o caos. Quase ninguém consegue sobreviver, e os poucos que o conseguem se tornam predadores das plantas, porque sua vida aqui na terra fica difícil demais enão tem ninguém mais que os controlaria. E depois os homens dizem que a terra não presta. Mas o que não presta são as tecnologias estranhas deles – diz ela.

– Escuta – irrita-se Marcelo. – Você acha errado tudo que os homens fazem?

– Desculpe, nem tudo, mas muita coisa. Eles querem colheitas recordes e as tiram, como este campeão em produtividade que jogou mais de quatro toneladas de adubo num hectare para produzir 16 toneladas de milho. Mas, depois, tudo está estragado e destruído. Eles abandonam a terra em miséria.

– Depende do ponto de vista; a giberela, a antracnose, a alternaria, a ferrugem, a brusone, o oídio, os helmintosporo e uma porção de outros adoram tudo isso. Você acha que fica ruim, mas, para nós, chegam tempos gordos. Terra fraca, planta fraca, fungo gordo! Alguém sempre se aproveita, como também na inflação. Muitos perdem. Mas, alguns ganham muito. O país sofre, o povo sofre, a economia sofre, mas os especuladores ganham e ficam ricos – opinam os fungos.

Um quati olha desconfiado:

– Vocês acham que aqui tem especuladores?

– Eu não acho. Onde tem muito lixo precisa-se de muitos lixeiros. As plantas que os homens produzem não passam de lixo. São fracas demais para poderem ser consideradas seres vivos normais. Então, os fungos vão lá e tentam comê-las, mas os homens tentam espantá-los com muito veneno.

Marcelo quis saber o que se teria que fazer para que todos esses fixadores de nitrogênio aparecessem para fixar nitrogênio suficiente para as culturas.

– Suas histórias aqui são muito bonitas. Mas tudo isso somente funciona na beira da mata. E nos campos...? O sol brilha e desenha quadros de luz e sombra debaixo das árvores. Uns pardais chilram e um anu grita. Não tem mais sabiá nem bem-te-vi, nem outros passarinhos cantadores. Foram-se embora para regiões menos poluídas.

– Nós fixamos nitrogênio se tiver palha e folhas mortas na terra – disse o azo.

– Nós fixamos nitrogênio se tiver palha e folhas mortas na terra – disse o azo.

– Qualquer planta que volta verde à terra contém muitas proteínas, de difícil digestão para bactérias.

– Nós fixamos nitrogênio se plantarem mucuna e guandu, cunhã e feijão de porco, lablab e cowpea ou feijão-bravo-do-Ceará e crotalária – dizem as bactérias noduladoras.

– Nós ajudamos a fixar nitrogênio se a raiz receber suficiente açúcar enviado pelas folhas e tiver ar no solo – disseram as micorrizas.

– E por que isso não funciona para produzir o suficiente para as colheitas agrícolas?

Aí, a terra dá um grito:

– Não funciona, seu pateta, porque os restos da colheita são queimadas e estou sendo estragada, compactada, adensada, entorroada, encrostada, com lajes, num estado total de destruição. Terra viva produz vida, terra morta só é suporte para muito adubo e irrigação. Mas o adubo tem cada vez menos efeito, as águas escorrem e chove cada vez menos até que nem eles conseguirão mais produzir nada. Então será o deserto.

Marcelo ficou sentido com a brutalidade da terra. Uma minhoca explica:

– A terra estava nervosa, e com toda razão. Ela está doente e decaída. Teriam de curá-la primeiro, depois tudo funciona.

– E como se cura a terra?

– Claro que com substância orgânica, palha, folhas secas, raízes amigas!

– Engraçado, então a palha serve para curar a terra, fazendo poros de entrada de ar, para fixar nitrogênio, serve para o gado comer...

– Gado comer, serve, não. Se o gado a comer o que é que eu recebo? Mas se eu receber a palha produzirei em fartura também para o gado – diz a terra.

Segue-se um silêncio profundo. Cada um pensa para si como seria a vida, se tudo vivesse em harmonia e unidade. De repente, o ar explode numa tremenda risada. Era o nitrogênio que ria.

– Estou aqui, meus caríssimos, em toda abundância. Somente os homens trancaram os caminhos para minha circulação. Tirem suas barreiras e tudo funcionará, não confiem tanto no seu petróleo, que em tempo previsível terá sido esgotado exatamente quando a população terá o dobro ou três vezes mais homens vivendo na terra. Aí suas maravilhosas fábricas estarão vazias e abandonadas e não haverá mais a disponibilidade de fixar nitrogênio em suas fábricas. Então todos passarão fome e serão miseráveis, devido à falta de nitrogênio no meio de um mar de nitrogênio.

E, como num clarão, chegou à compreensão: estava na hora de remover as barreiras e deixar todos trabalharem de mãos dadas: bactérias, fungos, plantas... caso contrário Marcelo já estava incluído na geração dos famintos e miseráveis. E isso, definitivamente, ele não queria.

O TUIUIÚ

Passaram-se as enchentes e iniciou-se a florada. Centenas de quilômetros de área plana cobriram-se com flores azuis, brancas e roxas de aguapé ou amarelas das ninfeias. Era uma sinfonia indescritível de cores, somente interrompida, de vez em quando, por "cordilheiras" ou simplesmente coxilhas que aqui receberam esse nome pomposo por se elevarem algo sobre a planície. Aqui se encontravam as fazendas. Abaixo do manto colorido das flores, corria lentamente a água. Chamam-no de pantanal, mas não é pântano. Pântano tem água parada, é brejo. Mas, aqui, a água corre límpida e quieta. Na verdade, é o "Palácio das Convenções" dos rios. Aqui se encontram os rios São Lourenço e Cochim, Cuiabá e Taquari, Piquiri e Negro, Miranda e Aquidauana, misturam-se, passeiam e namoram, circulam, trocam novidades, trazem seus peixes e, finalmente, saem todos com o rio Paraguai.

Os homens não sabiam que o Pantanal era somente lugar de namoro dos rios, e fizeram a Transpantaneira, essa estrada que devia abrir o pantanal para o "progresso" e o turismo. Mas os rios não gostaram.

– Que ideia de nos barrar o caminho, onde se viu isso? – perguntaram, e com uma enchente imensa ameaçaram derrubar toda esta estrada.

Aí, os homens finalmente compreenderam que o Pantanal não era pântano, e fizeram passagens para os rios.

Mas, estas águas tépidas e limpas, refrescadas pela luz verde que passa pelas folhas de seu manto florido, são ao mesmo tempo o maior viveiro de peixes do mundo. De todos aqueles rios, os peixes sobem para o Pantanal em enormes cardumes, as piracemas, de até 4 km de comprimento, bufando, gritando e rindo. Aqui, vão os dourados e pintados, os pacus e jaús e muitos outros. Desovam e voltam cada um para seu rio. Sabem que das centenas de filhotes, muitos serão comidos por traíras, piranhas e outros. E como não podem cuidar dos filhos, é melhor ir embora, e não ver como serão engolidos pelos outros. Esperam, lá, em seus rios, e fazem festa para os peixinhos que chegam, e não perguntam por estes que se perderam. E, apesar dos rios se misturarem, os peixinhos encontram cada um, seu rio e sua mãe.

Mas, é também o mundo das aves, dos mergulhões e dos colhereiros, das garças e frangos de água, do martim pescador e das cegonhas pretas, os tuiuiús.

Um casal de tuiuiú andava solenemente sobre o pasto, tão solene como somente a cegonha consegue andar. O sol brilhava nas penas pretas, que cintilavam de verde e azul. O tuiuiú de vez em quando inflava o pescoço vermelho para impressionar a fêmea, Tita, que andava ao lado. Ela era simples e despretensiosa, porque quem é de família fina não tem necessidade de se enfeitar para aparecer; todos sabem quem é. E, além disso, era desaconselhável e até perigoso chamar atenção na época em que chocava. Tita tinha posto um ovo e, agora, fazia um passeio para descansar. Ainda faltavam dois ovos para completar a ninhada e poder começar a chocar. Graciosamente, o tuiuiú tirou um caranguejo de sua toca, apesar dele se defender agarrando-se nas paredes. Porém toda sua resistência não adiantou nada. Foi apresentado como iguaria a Tita, que o pegou com prazer. Mas depois fez uma careta.

– Não sei, este caranguejo tem um gosto tão esquisito – disse Tita e o engoliu somente porque era presente de tuiuiú.

– Você está nervosa, minha querida – opinou o marido. – Você está pensando nos filhotes. É isso!

Andaram mais um pouco e Tita pescou, pessoalmente, um camarãozinho de uma poça de água que ainda restara da enchente. Parecia muito apetitoso, mas também não gostou. O tuiuiú experimentou uma concha.

– Não é possível que tudo tem gosto ruim.

Agilmente, apanhou a concha e antes que esta tivesse tempo de se fechar já tinha sido retirada da casca. Mas ele também estranhou o gosto.

– O que será? Sabe o quê? Vamos perguntar ao jacaré, o grande caiman preto, que já é muito velho e sabe tudo – sugeriu ele.

Chegaram lá, mas o velho caiman não estava em seu lugar predileto. Somente seu filho estava ali, que se precipitou na água quando escutou um barulho e somente levantou o focinho acima da água e olhou assustado quando escutou o "Alô" do tuiuiú.

– Onde está o caiman? – perguntou.

O jovem jacaré respondeu somente com um seco:

– Não está.

– E sua mãe?

– Está de luto e não pode vir!

O tuiuiú se admirou:

– De luto, por quê?

O jacarezinho desatou em choro:

– Caçaram e mataram meu pai. Ele era tão grande, tão sabido, tão respeitado que achava que ninguém poderia lhe fazer mal algum. Mas os homens não respeitam nada.

– Mataram-no! – gritou Tita e quase desmaiou.

– E agora? – quis ela saber.

– Agora, as piranhas fazem festa diariamente, são impertinentes e cruéis como sempre e caçam à vontade. Multiplicam-se demasiadamente, e não respeitam mais nada. Agora quando passa uma boiada, deve-se oferecer primeiro um boi às piranhas, para poder sair com os outros incólumes.

Silenciaram um tempinho e depois Tita deu seus pêsames e perguntou:

– E, agora, quem é que nos poderia dar uma informação e um conselho?

O caimanzinho refletiu um pouco e finalmente avisou:

– Acho que somente a velha sucuri, a cobra da água. Se ela comeu, estará bem humorada e gentil. Mas, se estiver com fome, é melhor não ir lá.

Os tuiuiús foram até a morada da sucuri. Ela cochilava e tinha uma enorme bolota no meio do corpo. Pelo tamanho, devia ter comido uma família de capivara. Agora estava digerindo, e na sua fase gentil.

– Oi, dona sucuri – cumprimentou o tuiuiú.

A sucuri piscou com seus olhos quase cegos, e grunhia alguma coisa que devia ser algo como uma saudação. Depois caiu novamente em silêncio e parecia que dormia. Mas ela somente quis saber se os visitantes eram educados e a respeitavam, deixando-a iniciar a conversa. Como os tuiuiús não diziam nada, ela finalmente perguntou:

– O que mandam?

O tuiuiú deu um passo para frente, curvou-se, gentilmente, e disse:

– Queremos perguntar se não ouviu falar de caranguejos e conchas com gosto esquisito.

A sucuri fingiu não ouvir nada, mas fez isso somente para ganhar tempo para pensar. Quando estava digerindo, o pensamento dela era muito vagaroso. Finalmente, respondeu:

– Escutei, sim, uma conversa dessas. Até já ouvi várias. Dizem que isso ocorre desde que queimaram a mata lá no chapadão, e estão plantando cana-de-açúcar, soja e arroz irrigado.

Tita admirou-se: – E que isso tem a ver com o gosto esquisito dos caranguejos?

A sucuri fitou-a com seu olhar fixo e assustador. Mas não tinha outro, coitada, e não era para afugentar ou paralisar visitantes.

– Não sei bem. Mas desde então a água do rio não é mais a mesma. Muitas vezes vem turva e o aguapé passa muito trabalho para limpá-la, às vezes vem mal cheirosa e até peixes mortos já vi boiar ali. E não é fácil turvar e sujar um rio. Eu não o consigo, com todo o meu tamanho. Mas os homens o conseguem. Devem ter uma técnica muito eficiente. E o mau cheiro, para não dizer fedor, vem das usinas de álcool onde moem a cana, e das lavouras de soja. Antes, eu caçava lá nos lugares onde agora tem canaviais e usinas. Mas, agora, não dá mais para caçar ali – disse.

– E você acha que tem algum perigo em comer bicho com gosto estranho? – inquiriu a cegonha.

– Minha mãe sempre dizia que se algo tem gosto ruim, é melhor cuspir fora do que engolir e morrer.

A sucuri pensou um pouco e depois somente constatou que as capivaras que tinha comido ainda não estavam com gosto esquisito, mas estavam bem do jeito que ela gostava. Aí verificaram que a sucuri não era a fonte para dar mais informações.

Procuraram pelo mergulhão, este patinho alegre e brincalhão que era muito fofoqueiro e que sabia todas as fofocas da redondeza. Mas quando chegaram até o ninho, viram que estava vazio e bastante desarrumado. Parecia abandonado.

– Ué, onde foi o mergulhão? – perguntou o tuiuiú a uma garça que passava com suas pernas incrivelmente altas. Esta levantou uma perna para descansá-la e com seu jeito vagaroso disse:

– O mergulhão? Não souberam? No ano passado, pegaram uma peste e todos daqui morreram – e balançou o seu rabo em confirmação.

– Mas que tipo de peste? – quis saber Tita apavorada.

– Ninguém sabe. Ficaram sem apetite, tristes e arrepiados, depois deu câimbra neles e nenhum se salvou.

O tuiuiú achou melhor não perguntar mais. A inquietação podia afetar o ovo que Tita ainda tinha que pôr.

Nos dias seguintes, Tita botou mais um ovo, mas depois tentou durante uma semana e não conseguiu mais nada.

– Não sei, mas não consigo mais botar meu terceiro ovo: nunca aconteceu isso.

O tuiuiú ficou preocupado:

– Você está doente?

E lá se foi buscar o doutor colhereiro. Era o melhor em toda redondeza, porque tinha de cuidar de tantos colhereiros, que sua experiência era enorme. O doutor escutou atentamente e depois disse:

– Nem preciso ir lá. Isso, infelizmente, não é mais novidade para mim; tem acontecido nos últimos dois anos. As companheiras botam menos ovos, às vezes com casca tão fina que nem dá para chocar. Quebram antes que o pintinho chegue a picar. E dos ovos que chocam, parte está gorada, o que antes nunca acontecera, e os filhotes nascem mais fracos. Não posso lhe ajudar! Só posso lhe dizer que, pelas minhas informações, é pior no Sul, abaixo do rio Taquari. Mas parece que já não tem mais muita diferença, desde que começaram a plantar na Barra-dos-Bugres.

O tuiuiú não saiu acalmado e consolado, mas muito espantado e desesperado. Nem iria falar isso tudo para Tita, para não inquietá-la mais. Só lhe avisou para cuidar muito e não pisar em cima dos ovos. Tita ficou brava:

– Pensa que eu não sei mais chocar? – ficou muito sentida com a advertência.

– Não, não é isso, mas o doutor avisou que poderia ter algum perigo se isso acontecesse.

– Que nada! – disse Tita, mas, daí em diante ela cuidou muito porque o doutor devia saber.

Finalmente, um filhote picou. Era grande, mas muito fraco. Nunca tinha tido filhote desse jeito, nem tinha escutado falar que isso existisse. Ficou triste, e teve medo que o tuiuiú fosse abandoná-la, depois desse fracasso. Mas ele não disse nada, e foi carinhoso como sempre. Com preocupação, olhou o outro ovo. Chocaram mais dois dias, se revezando: mas nada. Nenhum sinal de vida. Era um ovo gorado, infértil e apodrecido. Parecia que tinha água dentro. E quando Tita se afastou um pouco, ele jogou o ovo fora do ninho que explodiu quando bateu no chão.

O filhote era muito mimado, como todos os filhos únicos. E quando conseguiu voar, foi uma festa. Resolveram mudar-se para o Norte, onde a comida ainda devia ser melhor. Chegaram cansados ao Rio Paraguai. Ali Tita tinha uma prima e puderam dormir em sua árvore. Prometeu ir junto com eles na manhã seguinte para mostrar o lugar de melhor caça.

Mas, mal clareou o dia, ouviu-se uma gritaria e uma agitação muito grande. Ela foi saber o que aconteceu. O martim-pescador, que tinha trazido a novidade, abanou-lhe a cabeça e gritou:

– Venha, venha! – e batia com as asas agitadamente, voando para o rio. O rio estava cheio de peixes mortos que vinham boiando na superfície. As praias ficaram abarrotadas de peixes mortos que o rio tinha jogado fora. Alguns, ainda estavam semivivos. Os urubus vieram e gritaram:

– Não toquem, não toquem! Todos os que os comerem também morrerão.

As garças, colhereiros e frangos-de-água, ficaram atônitos.

– O que foi que aconteceu?

Os urubus o sabiam:

– Tocaram veneno nas lavouras de soja e de arroz e a chuva lavou-o para o rio.

O tuiuiú olhou longamente sobre o rio, os pastos e as praias. Era tudo tão bonito, parecia um paraíso feito para toda eternidade. Agora, parecia um paraíso perdido. E o que sobrou era medo e morte.

– Será que os homens ficam felizes quando fazem isso? Também não vivem da natureza, pertencendo à natureza que destroem?

Uma onça pintada que o escutou, deu uma gargalhada rouca:

– Que nada, eles pertencem somente ao dinheiro. Sei disso, porque escapei por pouco de servir como casaco de pele!

E uma garça completou:

– Se eles continuarem assim, vão ficar sozinhos no mundo, eles e o dinheiro, rodeados por um deserto.

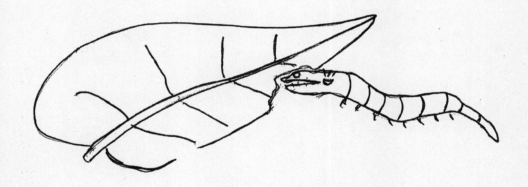

O MELHOR AMIGO
DOS PARASITAS

A terra fervilhava de vida. Ninguém poderia dizer onde começava a vida e terminava a terra. Assim como ninguém, num corpo humano, podia dizer onde terminava o corpo e começava a vida. Sem corpo, a vida não pode manifestar-se. Nos poros da terra circulava água com minerais, igual a sangue nas veias; o ar enchia os poros grandes como os alvéolos dos pulmões, fornecendo oxigênio a bactérias, fungos, insetos e raízes. A terra respirava, tinha sua temperatura, seu metabolismo: a terra vivia.

Era um corpo, embora não tivesse cabeça e espinha, nem braços, pernas e pele. Mas com os cupins não era semelhante? Os milhares e milhões de cupins formavam um só corpo, embora sem espinha, sem pele que os cobria. Mas tinham ainda uma cabeça, um único centro nervoso: a rainha. E se esta morresse, todos morreriam porque este corpo formigante dependia de sua cabeça.

A terra ia um passo a frente, não tinha centro nervoso. Era importante demais para ser dirigida por um só centro; era grande demais e diferente demais. Nenhum centro poderia dirigir este corpo. Mas toda atividade foi programada de maneira que formasse um organismo perfeito, harmonioso. E quem a programou foi a própria força que criou a terra e o universo: era a energia original e eterna. Era um programa inflexível e rígido ao mesmo tempo em que criou este equilíbrio perfeito entre a terra, os micróbios, os animaizinhos, as raízes, ar, água e minerais e a luz e o calor do sol. Era um comer e ser comido, receber e dar, nascer e morrer para que outros pudessem nascer e o ciclo da vida não se acabasse. Assim, tinha alimento para todos, e todos tinham a mesma possibilidade de viver, sobreviver, se multiplicar e prosperar.

Era um ciclo perfeito de energia, que na forma de luz ou calor passa pela vida, captada, transformada, liberada nada se perdendo em todo ciclo.

"Entropia zero" o chamam. Não tem ganho nem perda. É o ideal, é a perfeita harmonia, um equilíbrio feito para toda a eternidade, um *perpetuum móbile*.

Mas o homem não compreendeu isso. Veio o "Seu Mané", viu toda essa multiplicidade de plantas e a terra boa e "gorda" e resolveu roçar e plantar. Plantava milho e mandioca, abóbora e feijão, justamente o que ele comia, sempre no mesmo pedaço de terra. No início, a terra não gostou, mas o "Seu Mané" tinha que comer, e ele cuidou da terra para que não perdesse sua fertilidade. O "Seu Mané" era um camarada legal. Seu aradinho de boi sulcava a terra somente o necessário para as culturas vingarem. Mas veio a "revolução verde". Adubos e agrotóxicos, máquinas e monoculturas, veio o *agrobusiness*, a agroindústria. Arrancaram as árvores para poder mecanizar, mataram todas as plantinhas que não fossem as plantadas e a terra ficou limpa, rigorosamente limpa, somente imensas áreas plantadas com soja, ou algodão ou cana. O "Seu Mané" com sua pouca terra não podia acompanhar essa revolução verde. Comprava o adubo mais caro que os outros, porque comprava pouco; tinha de vender ao atravessador, porque era pouco o que produzia; as máquinas trabalhavam pouco tempo e depois ficavam ociosas, não pagavam o financiamento, com que foram comprados; e depois vieram as pragas e os agrotóxicos. E o "Seu Mané" teve que vender e ir embora. Não aguentou mais.

Sua terrinha passou para uma agroindústria, fria e eficiente. Lá, não era mais o coração que falava com a terra, mas os números que se registravam nos livros ou *laptops*.

As chuvas socaram a terra limpa, o sol a aquecia e os ventos levavam a umidade. A palha atrapalhava as máquinas e, portanto, foi queimada.

– Vamos embora. Aqui não tem mais nada – diziam as bactérias que comiam palha e formavam os poros da terra.

– Vamos embora. Não tem mais ninguém que nos sirva algum açúcar – diziam as bactérias que fixavam nitrogênio.

Os ácaros foram embora, porque se sentiam perseguidos:

– Não dá para conviver com acaricida, somente porque não gostam dos ácaros vermelhos. E nós, que limpamos a terra de insetos, não temos valor?

Outros foram embora, porque suas enzimas não se ajustavam a comida alguma que encontravam na terra. Ficaram somente alguns mofos, que eram mais versáteis. As minhocas se enodaram e entraram em repouso, esperando tempos melhores. Nem os saltadores, que se satisfaziam com as mínimas condições de vida aguentaram mais.

O calor era infernal e a seca os torrava. E, finalmente, as vespinhas também se foram. Talvez nem encontrassem mais outro lugar onde pudessem sobreviver. A terra olhou triste, ao se despedir dos últimos. Mas, depois, vieram os novos. Bichos estranhos apareceram, deixavam cair suas trouxinhas e diziam:

– Fomos informados que aqui a vida é farta.

– Farta? Todos foram embora, porque não a aguentaram mais. Há somente calor e seca, nenhuma palha, adubos ácidos e somente o lixo das raízes, sempre o mesmo – disse a terra. Mas os fungos e insetos especializados não se contentaram em viver na terra. Quando encontravam pouca comida, não se enquistavam ou se recolhiam como seres distintos, mas invadiam as plantas. A terra se apavorou.

– Mas como é que atacam as plantações? Vocês fizeram algum contrato com as plantas, como as bactérias noduladoras ou os fungos micorrízicos?

Os novos habitantes do solo riram: – Somos especializados para estas condições, sabe. Como plantas destas podem cumprir um contrato? Não, querida terra, com estas plantas não se faz contrato ou combinação, aqui se tira o que se pode. E, além do mais, elas oferecem muita coisa que serve exatamente para nossas enzimas. As plantas, antigamente, não ofereciam nada. Mas, agora, é tudo uma bagunça só. Açúcares inacabados, proteínas não terminadas, óleos iniciados e abandonados, vitaminas incompletas. É uma desordem geral. Por toda parte lixo, substâncias que não se podem utilizar mais.

A terra ficou pensativa. Também quem poderia viver somente com três minerais: nitrogênio, fósforo e postássio (NPK). E mesmo que tivesse mais, quem consegue beber água quente? Nem a planta mais sedenta a toma. E quando a água ainda se evapora do chão quente, o que fica? Nada! E as plantas não têm mais onde dissolver seus nutrientes.

– Vocês aí, se é tudo tão ruim, como é que aguentam? – quis saber a terra.

Os novos habitantes do solo riram: – Somos especializados para estas condições, sabe.

Os homens, com chapéus tipo capacete, botas e óculos de sol vieram e olharam feio. Queimaram até as últimas folhinhas da palha para matar os novos, os especializados. Alguns se foram, outros se adaptaram. As plantas, na terra dura, encrostada, compactada pelas máquinas, não tinha mais ar. Começavam a fermentar seus açúcares, e agora sobravam álcool e ácidos, nunca antes produzidos. Vieram outros especializados que aguentavam calor e seca, herbicidas e agrotóxicos, adubos ácidos e resíduos de toda espécie. Eram prepotentes, porque não existia mais ninguém que os pudesse controlar. Fervilhavam ao redor das raízes, egoístas e hostis. As plantas já eram fracas demais para defender suas raízes, como faziam antes. Nem podiam mais produzir toxinas, as fitoalexinas. E deserta era a terra, sem palha, sem proteção. Mas os novos habitantes se multiplicavam descontroladamente; logo não acharam mais o suficiente para viver e quando o efeito do veneno acabava saíram furibundos para atacar as plantas. Os homens mandaram banhar as plantas com veneno, duas, quatro, dez, vinte e mais vezes. Era um fedor incrível. As pragas se revezavam, ficavam mais resistentes, se multiplicavam.

– Falta o inimigo natural – diziam os homens.

– Que inimigo natural? Antes, todos controlavam a todos. O que falta é a diversificação. Os especialistas humanos enfrentam os especialistas insetos; a diferença é que estes estavam numa situação muito mais cômoda – gritou a terra.

– Se é para lutar, venceremos com facilidade – disse o bicudo do algodão.

As lagartas rosadas do algodão riram, mas não tinham muito tempo porque estavam ocupadas demais em comer capulhos do algodão.

Os fungos da brusone fizeram festa. Antes dava somente para atacar o arroz, mas os homens geneticistas criaram um trigo que também dava para comer.

– Viva os geneticistas geniais! Isto é que é progresso! – gritavam eles.

– Verdade – disse o fungo rizoctonia. – Os homens todos são gênios. Queimam a palha todinha e agora não existe mais ninguém que nos barre o caminho quando queremos entrar numa raiz.

Os nematoides sussurravam com suas vozinhas finas:

– Geniais estes homens, desde que queimam a palha toda e somente adubem com três nutrientes, não tem mais ninguém que impeça nossos banquetes nas raízes das plantas. Como era ruim comer em plantas bem nutridas, a gente passava muita fome.

E todas as pestes e parasitas resolveram conferir o prêmio de "MELHOR AMIGO" aos homens, que tanto fazem para sua propagação.

RAINHA MAXIMILIANA ATTA

A estrada estava limpa, com o chão bem firme. Milhares de pés andavam rápidos, quase automaticamente, na direção indicada. Soldados corriam ao lado dirigindo, compelindo, urgindo para maior pressa e sempre se comunicando com a central. Moviam as antenas sem parar, para se comunicar ou para receber ordens. Chegaram a uma árvore, uma grevilha. Centenas e milhares de formigas subiram. Seus corpos avermelhados cintilavam.

– Cortem as folhas inteiras, assim vai mais rápido – veio a ordem. Uma chuva de folhas caiu da árvore e os soldados se precipitaram sobre elas, para cortá-las em pedaços, exatamente no tamanho que uma saúva--limão pudesse carregar. E as carregadoras já esperavam. Às pressas apanhavam, cada uma, um pedaço de folha; forçavam-na por cima de sua cabeça e corriam de volta em direção ao sauveiro, cambaleando, tropeçando, arcando debaixo do fardo pesado e desproporcionalmente grande. Os soldados comunicavam via rádio:

– Seiscentos e cinco carregadoras a caminho – os guardas, na entrada de serviço, recebiam as últimas orientações das jardineiras que eram responsáveis pelos depósitos e plantações. Elas resolviam onde se precisava da carga e onde levá-la.

– Tudo pronto para a recepção da carga! – comunicaram para a frente de trabalho.

Maximiliana, rainha de uma tribo das temidas atta, as formigas cortadeiras que desfolhavam árvores e ceifavam campos inteiros de arroz, milho ou cana, aniquilavam pastos e destruíam jardins, escutava atentamente às comunicações. Suas antenas compridas e elegantes se moviam como numa dança. Às vezes, somente vibravam para a emissão de ondas ultracurtas capazes de alcançar a mais distante operária do sauveiro, submetendo-a incondicionalmente a seu poder. Estas ultraondas destruíam qualquer intenção ou sentimento pessoal e tornavam todos os membros do seu povo simplesmente uns robozinhos absolutamente submissos a ela.

De vez em quando, ocorria um início de uma revolta. Especialmente nos berçários. As larvinhas não queriam aceitar o regime de fome. Queriam comer até ficarem satisfeitas. Mas isso não era possível. Larvas bem nutridas iriam resultar somente em içás, as rainhas, e bitus, os machos, e não haveria operárias assexuadas, estéreis. E quem iria trabalhar? Diziam que todas eram princesas e príncipes, filhos da rainha que mereciam melhor atenção. Mas de onde viriam os soldados e guardas, as operárias como as carregadeiras e cortadeiras, as amas e nutricionistas, as jardineiras e podadeiras? Somente sob o regime de fome criava-se um povo trabalhador. E, aí, suas antenas vibravam com maior intensidade para que o povo se orgulhasse de estarem sujeitos somente à sua Majestade, a rainha Maximiliana, obedecendo cegamente suas ordens para o bem de todo sauveiro. Somente uma organização férrea poderia manter a eficiência do Estado-formiga.

De manhã cedo tinha chegado a notícia de uma catástrofe. O sauveiro ao lado tinha sido atacado e saqueado por um tatu-peba, o cabeludo, que roubou todos os berçários, aniquilando o sauveiro. E se ele tivesse pegado gosto por pupas de saúvas, a próxima investida certamente seria contra os berçários dela. Assim, todos que podiam foram ordenados para cavar "panelas" num andar mais profundo. Não era trabalho fácil raspar a terra, molhá-la com saliva, para formar pelotinhas e carregá-las para fora. Mas o mais importante era mudar os berçários e os jardins. Isso atrasou a colheita de folhas. Maximiliana sabia que era perigoso mandar agora quase todos para a frente de trabalho externo, inclusive, a maior parte dos guardas. Mas estavam em estado de emergência e ela tinha que arriscar. Por enquanto tudo ia bem. Cochilava um pouco, mas, de repente, acordou com uma gritaria nos depósitos. Ninguém sabia como aconteceu. Uma carregadeira foi atacada por uma mosquinha, que a ferrou e nela depositou um ovo. Atacou outra, depois uma jardineira, e uma ama. Era uma catástrofe, porque significava a morte certa. E não somente isso. As formigas atacadas tinham que ser mortas e levadas para longe do sauveiro, para não criar a mosquinha ali dentro. Alguns instantes mais tarde, apareceram guardas que fecharam todas as janelas e portas do aposento real para protegê-la. Era o maior rebuliço. E a mosquinha continuou depositando ovos nas formigas. Os gritos por socorro atravessavam as paredes do quarto de Maximiliana. Mas quem poderia ajudar? Apanhar uma mosquinha, deste tamanho minúsculo? Com o besourinho Bilo, eles conviviam desde o início; ele vivia instalado no sauveiro e roubava larvinhas no berçário. Mas quando os guardas cuidavam bem, as investidas dele não eram tão devastadoras.

Na noite seguinte, alguns soldados tinham descoberto uma roseira. E o fungo criado sobre folha de roseira é um petisco que uma formiga da tribo das atta poderia se lembrar durante o resto da vida. Todas estavam loucas para ir lá e cortar a folha. Finalmente, o sol deitou e o sauveiro começou seus trabalhos externos. Todas as cortadeiras correram para lá. Foi uma folia alegre. Mas quando as primeiras amostras foram testadas pelas jardineiras, elas ficaram bravas.

– Seus imbecis. Vocês nunca vão aprender? Trazer folhas bem nutridas, com suas proteínas formadas? Onde se viu isso? Aqui, nossos fungos não podem digerir isso, não possuem enzimas para proteínas. Necessitam, sim, de muitos aminoácidos, mas proteínas, nunca. Larguem, e já! – gritaram pelo rádio.

Pelo rádio, os soldados receberam a notícia arrasadora. As folhas da roseira não prestam.

– Larguem! – ouviram as cortadeiras e carregadeiras, desconsoladas. Que desastre! Perderam horas de serviço:

– Vamos, vamos, aqui tem eucalipto. Será que ele presta?

– Agora a desconfiança foi restabelecida. As amostras seguiam correndo; preciosos minutos passaram. Finalmente, chegou a liberação.

– Podem cortar!

As jardineiras trabalhavam como loucas. Nos jardins novos mais profundos, tinham que preparar primeiro os canteiros. Mastigavam as folhas, misturando com hormônio e depois as cuspiam no chão aplainado, formando assim uma camada fofa e fértil para seus fungos. As plantadeiras já esperavam com as sementes. Se tudo fosse bem, logo teriam panelas fora do alcance do tatu. Enquanto isso, nos jardins antigos, as podadeiras podavam caprichosamente os fungos. Sem poda não teriam bolinhas tão nutritivas, mas iriam dar cogumelos e assim não iriam mais nutrir adequadamente o povo. Seria um alimento abundante, mas fraco. E a força do trabalho iria baixar muito. Somente pouca comida, mas substancialmente forte, habilitava as saúvas para esses esforços sobrenaturais. Com cogumelos, nenhuma carregadeira conseguiria mais levar as cargas que transportavam agora. Talvez nenhuma rainha se formasse mais. Seria uma catástrofe. E agora, mais do que nunca, tinham que criar rainhas, içás, porque os estadunidenses as catavam para comê-las fritas, banhadas em chocolate. Assim faltariam rainhas para os sauveiros.

Nas entradas dos campos em colheita, esperavam as nutricionistas que levavam as cabecinhas dos fungos e distribuíam a ração para cada um. Era ração calculada exatamente o suficiente para viver e trabalhar. Somente a rainha e o berçário real recebiam alimentação à vontade. No início, a rainha até punha ovos para a alimentação das larvinhas, quando os fungos ainda eram escassos. E, depois, as larvas reclamavam quando passaram exclusivamente para cabecinhas de fungos.

Hoje, Maximiliana ordenava uma ração extra para todas as operárias, porque trabalharam ininterruptamente, sem parar. Estavam em estado de exceção. Ninguém sabe como aconteceu. As saídas de serviço ficaram com poucos guardas, porque quase todos os soldados foram ajudar na colheita: foram atrasadas por causa dos outros serviços. E, de repente, uma ama, que servia a ração do berçário real, foi atropelada por uma pequena formiga ruiva. Enquanto se recuperava do susto, uma avalanche de formigas-de-fogo se derramou pelos corredores e galerias, berçários e jardins. Umas treparam nos guardas que vinham correndo, outras pegavam operárias, que traziam comida. Dez, quinze, vinte pequenos diabos ruivos se apoderavam de cada saúva, injetando seu veneno mortal. Outras se apoderavam das larvinhas e pupas e iam correndo. Todos os soldados do sauveiro se lançaram na batalha contra os intrusos. A luta foi feroz e cruel.

Embora as armas químicas estivessem internacionalmente proibidas, as formigas-de-fogo não se incomodavam com isso e as usavam livremente.

O número das invasoras era tal que tinha pouca chance de uma defesa eficaz. Era uma luta desigual. Violenta e arrasadora. No fim, havia muitos mortos dos dois lados. Quando foram embora, Maximiliana contemplou, desolada, o cenário.

– Levem os nossos mortos ao cemitério, mas joguem os ruivos no lixo. Nenhum inimigo cruel merece um lugar em nosso cemitério.

Foi um trabalho triste. Maximiliana assistiu à remoção dos mortos. Muitos deles ela conhecia, um era até seu guarda pessoal. Lutaram bravamente, mas contra esses diabos ruivos não havia muita defesa. São como as piranhas.

Fizeram uma reunião de cúpula.

– Como era possível um ataque destes?

Uma jardineira velha, que tinha vindo do sauveiro onde Maximiliana nascera, abanou a cabeça:

– Alguma coisa está errada – disse ela. Antes era raro encontrar folhas com proteínas formadas, agora é mais frequente. Deve ser essa loucura da agricultura orgânica que trabalha com muito esterco, composto e matéria orgânica. Esta roseira de ontem só podia estar adubada com muito esterco. Esta é a única explicação. Antes, também não me lembro de um ataque desses diabos ruivos, das formigas-de-fogo. Essas eram só lenda que se contava quando nós nos cansávamos de podar fungos. E com toda essa nova vida no solo que está se regenerando, vieram também esses pequenos diabinhos vermelhos. Não apareciam há tempos porque não podiam se manter aqui, não encontravam mais outros pequenos animaizinhos que podiam comer que antigamente ainda existiam aqui. E se borrifava muito agrotóxico. Mas pelo jeito a situação esta mudando. O certo é que não se alimentavam somente de nossas pupas. Viviam também de outros pequenos animaizinhos, que agora devem existir na terra.

– O que será que esses homens fazem? – quis saber um bitu, passando nervosamente suas patas sobre suas antenas compridas.

– Creio que eles entenderam que tanto veneno não é bom, queimam menos os restos das culturas e põem muita palha nos seus campos. Isso cria as mais diversas famílias de bichinhos. – disse o velho da guarda real.

A rainha Maximiliana ficou espantada:

– Então vocês querem dizer que a terra está diferente, que tem menos veneno e mais vida entrou no solo, que agora tem mais habitantes, e que a vida, para nós, não vai ser mais tão fácil?

– Olha, Majestade, ouvi dizer que a saúva é a última estirpe de formiga que ainda consegue viver em terra estragada. Quando as formigas doceiras e carnívoras não acham mais nada, e não conseguem mais sobreviver, chega o período, das herbívoras entrarem. E herbívoras, somos nós.

Todos concordaram.

– Quando acaba a vida dentro da terra, vêm as saúvas que conseguem viver de plantas, ou no mínimo, usá-las, porque estão deficientes em substâncias acabadas. Nossos primos, as saúvas-pardas e mata-pasto são tão especializados em capins, que podem colher num dia, um pasto que 100 vacas levam uma semana para colher. São herbívoras, mesmo – disse uma ama.

Mas veio o pior. Um dia as carregadeiras voltaram sem nada. Estavam nervosas e não queriam falar nada. Pareciam atordoadas, semi-inconscientes, como hipnotizadas. Os guardas pegaram algumas para interrogatório. Não adiantou nada. Morderam-nas, prensavam-nas, algumas até mataram. E nada! Não conseguiam informação nenhuma. Jogaram as mortas na galeria geral para intimidar as outras. Estas ficaram apreensivas e o medo tomou conta de todas. O que foi que aconteceu?

No dia seguinte, a mesma coisa. Mas os soldados ainda conseguiram se comunicar com a central.

– Estamos cercados... elas dançam... elas nos hipnotizam... – depois não veio mais nada. Interrompeu-se a comunicação. A hipnose agiu.

Maximiliana ficou desesperada:

– Quem são elas?

Uma dama da corte gritou:

– São as cuiabanas, estas formigas têm antenas muito compridas que interferem em qualquer comunicação. São elas, só podem ser! – e as cortadeiras e carregadoras voltaram novamente sem nada, hipnotizadas.

Aí, Maximiliana, rainha da tribo das atta, não teve mais dúvida. Mandou pegar todas as pupas, larvas e todo alimento que pudessem carregar e se foi embora com todo seu povo, para terras mais estragadas, onde ainda havia melhores condições para viver, onde se plantavam culturas não apropriadas ao local, que precisavam de muito veneno e onde não havia fanáticos que trabalhavam com muita palha. Só para dificultar sua vida, das Attas.

ZUMBI

As amas fecharam as portas decididamente. Seis dias de fome e privações terminaram. Agora tinham que se empurrar para sair de suas células como novas obreiras. Estas células eram verdadeiros milagres de supermatemática em que num mínimo de espaço se juntava um máximo de células hexagonais com o maior volume útil. É tudo feito de cera, fina e sólida, formando as favas das abelhas, casa e armazém ao mesmo tempo.

A larvinha Zumbi escutava os passos da ama se aproximar. Pequena e subnutrida, ela se recolheu no último cantinho de sua célula. Mas quando viu o vulto familiar da abelha que a tinha tratado todos esses dias, se precipitou para frente e soluçou:

— Por favor, me dá só um último bocado de mel. Sinto-me tão fraca e miserável!

A ama a olhou com compaixão. Regurgitou um pouco de mel de seu papo e o passou na boca de Zumbi.

Depois murmurou:

— Pobre bichinho, a melhor parte de sua vida passou! — um frio estranho correu pelo corpo de Zumbi. Sempre tinha imaginado que este estágio de larva era a pior parte.

— Abelha não pode comer quando sente fome? — perguntou com olhos arregalados.

A ama deu um tapinha amistoso, fechando a portinha com um movimento brusco. Zumbi caiu num sono profundo e quando finalmente acordou não era mais a larvinha branca e desajeitada, mas uma abelha bonita, com asas transparentes, antenas compridas, pelos dourados e um ferrão aguçado. Um zumbido fraco ressoando por toda colmeia indicava que todas estavam acordadas. Portinha por portinha, foram forçadas por abelhas novas e 2.000 obreiras encheram o espaço. Era uma alegria tremenda, um rir e se abraçar, um zumbir e correr, e as amas choravam de emoção, até que uns zangões botaram suas cabeças para fora dos seus aposentos e xingaram por não poderem dormir mais; e, em seguida, gritaram por mel.

Mas as abelhinhas não tinham muito tempo para pensar. Logo foram levadas para sua primeira tarefa: ajudar a nutrir a cria. Diariamente, a rainha botava ovos, e diariamente, saíam outras obreiras.

– Vocês ainda têm força sobrando para isso – observou uma ama magra e cansada. Durante os primeiros dois dias, as larvinhas recebiam "leite" como as abelhas o chamavam, ou seja, geleia-real. Será que todas serão rainhas? Pensou Zumbi. Mas depois se lembrou, vagamente, que também tinha recebido isso. Porém, em seguida, passou-se para o pão, um bolo feito de pólen, saliva e néctar, coberto de mel. Embora tivessem que servir mil ou duas mil vezes pão para cada larvinha, estas não paravam de gritar de fome.

– Não poderiam destacar mais amas para matar a fome das larvinhas? – arriscou-se Zumbi a interrogar uma ama velha que trabalhava em sua seção.

– Sim, mas elas devem ser criadas famintas e subnutridas para render boas obreiras. Só em regime de fome se criam as operárias!

Zumbi sentiu horror desta crueldade e, como tinha pena das larvinhas, carregava o que podia para nutri-las melhor. Nem tinha tempo de pôr um bocado de comida na sua própria boca. E quando, finalmente, entrou a turma da noite, caiu no chão, semimorta, tão exausta estava, nem pensando mais em comer. Somente queria dormir. Mas quando saiu a nova turma de abelhas, Zumbi estava tão orgulhosa como se fossem os próprios filhos. Porém, não tinha muito tempo para pensar. Buscaram-na para um serviço especial. Tinha que encher as câmaras reais com "leite". Aí, as larvinhas escolhidas, crescerão dentro de um banho nutritivo, que lhes penetrava os poros e que podiam comer à vontade. Cuidar dessas larvas era o orgulho de cada ama. Mas Zumbi viu outras câmaras grandes, não tão especiais, mas, mesmo assim, espaçosas, e quis saber para o que serviam.

– São para os zangões – disse a abelha vigia com bastante desprezo.

– Macho é coisa que não presta!

– Macho é alguma coisa inferior? – perguntou Zumbi surpresa.

– E como é, sai de ovos não fecundados e por isso é macho. Nós saímos de ovos fecundados e se não fosse a fome, cada uma de nós seria rainha.

E, de repente, se curvou bem perto do ouvido de Zumbi para contar a história incrível de uma obreira que botou um ovo e criou em segredo, com enormes sacrifícios, esperando que saísse uma rainha. Até "leite" ela furtou para dar a seu filho. Era um sonho louco. Ele cresceu bem, ficou grande e bonito, mas somente deu um zangão, um macho, porque o ovo dela não era fecundado. E o filho de obreira, você sabe, não tem chance nenhuma na colmeia. Foi imediatamente morto por ordem da rainha. A mãe dele se desesperou tanto que se suicidou. Zumbi ficou profundamente comovida. Sabia que obreira voava, mas nunca fazia um voo nupcial, e assim, nunca poderia ter filha fêmea.

De repente, Zumbi movia antenas agitadas. Um cheiro delicado enchia toda colmeia, ela o absorvia com gosto e quase entusiasmo. O que seria? Não era cheiro de mel, nem de pólen nem de cera, era todo especial. A abelha vigia ficou quieta, baixava a cabeça numa posição de submissão humilde.

– Que é isso? – sussurrou Zumbi, agitada, sem se arriscar a fazer um movimento. A vigia olhou tristemente para ela. É a rainha. Ela enche tudo com este cheiro, que é um hormônio poderoso, que torna as abelhas obreiras completamente estéreis. Assim, ela se assegura de seu direito de pôr ovos e de reinar. Zumbi estremeceu:

– Mas isto é perverso!

Uma outra vigia que passava observou secamente:

– A natureza é assim, é desse modo que ela mantém a ordem e a harmonia, caso contrário, tudo viraria caos.

O coraçãozinho de Zumbi batia violentamente e um medo desconhecido lhe apertava a garganta. A mais velha olhava com pena dela.

– Não se preocupe. É o seu destino! Toda sua vida está rigorosamente planejada, e quem resolve tudo é a rainha.

De repente, ela sentia que era só uma pecinha insignificante numa organização poderosa. Mas para que esta organização se existia somente fome, trabalho e submissão?

– Olhe, Zumbi, nossa tarefa é fertilizar as flores. Sem abelhas, elas não conseguem fazer sementes e tudo acabaria. E se nós nos esforçarmos muito teremos nossa vida garantida nesta tarefa importantíssima que exercemos – sussurrou uma carregadeira que passou.

– Nunca vi flor, nem sei o que está contando – disse Zumbi desconsolada.

Como Zumbi era uma abelha extremamente habilidosa, não foi recrutada como faxineira, como ocorria com outras amas, mas a servir a própria rainha. Era a maior honra que podia acontecer para uma ama. Quando, pela primeira vez, se aproximou de sua soberana, as pernas tremeram de medo. Mas a rainha sorriu gentilmente, e aí, ela criou coragem para se aproximar. Arrumava e limpava o quarto, o arejava, trazia água e "leite" e suco nutritivo, rico em proteínas e energia para que a rainha permanecesse jovem e com força. Zumbi, com outras camareiras, lavava a rainha e depois tinha que limpar seus pelos longos e sedosos. Zumbi fechava seus dois olhos facetados e abria os olhos comuns, bem grandes, para poder ver até o menor pozinho. E quando tinha escovado todos os pelos, fechava os três olhos comuns e abria os olhos facetados para ver a soberana inteira e se tudo estava em ordem. Por último, foi perfumada para que todos soubessem quando ela se aproximava. Estava convencida que era a rainha mais bonita que um povo de ápis já tinha visto.

Quando Zumbi saiu dos aposentos reais, uma colega que servia aos zangões passava. Cochichou no ouvido dela que estes zangões eram incapazes de qualquer coisa. Nem a comida sabiam pôr na boca; a única coisa que sabiam era reclamar o dia todo, e esperar que saísse uma nova rainha para segui-la. Apesar de serem apenas e somente reprodutores, os zangões são mimados e super bem tratados. Zumbi nunca gostou deles e sempre fazia uma volta grande quando via um de longe. Eles sempre faziam pilhérias bem grosseiras que ninguém queria ouvir. Muitas até os odiavam.

Finalmente, Zumbi foi escalada para seu primeiro voo. Saíram da escuridão da colmeia à luz solar, ao ar fresco, ao jardim florido. Cheirou flores e viu inúmeras abelhas indo rapidamente e voltando pesadamente, carregadas. Será que um dia também será "campeira?" Mas era jovem demais para esse serviço. Deram-lhe muito mel para comer, tanto mel que quase se arrebentou, e depois mandaram suar cera. Tinha subido à categoria de cereira. Sentia minúsculas gotinhas saírem de seus poros, que as construtoras retiravam prontamente para construir mais conjuntos habitacionais, e mais depósitos, mais favos.

Embora adorasse mel, achou horrível empanturrar-se até quase explodir. Com saudade, viu as campeiras se prepararem para seus voos, enquanto ela tinha que suar. Mas estas que produziam própolis, uma espécie de resina escura colante e poderosamente desinfetante, estavam em situação pior que ela. Mas todas as frestas e fendas tinham que ser vedadas com esta resina, as paredes foram pintadas com ela e depois polidas até espelharem. Não existe animal mais assíduo que abelha, pensou Zumbi. Não temiam sacrifício até que tudo estivesse limpo, bonito e arrumado.

Finalmente, quando já tinha duas semanas de idade, foi nomeada obreira. Todas as abelhas de sua turma se reuniram e cada uma foi designada para outro serviço. As primeiras se tornaram ventiladeiras que tinham que sentar-se perto da entrada e girar suas asas com velocidade incrível, umas para expulsar o ar viciado, outras para puxar o ar fresco para dentro. A temperatura era rigorosamente controlada e, quando subia um pouco, os zangões eram os primeiros a reclamar. Outro grupo virou telegrafista; tinham que sentar perto da entrada e receber as mensagens que vinham das campeiras. Eram zumbidos interrompidos, como os sinais Morse, que eram amplificadas por uma chapa, e depois interpretados. Zumbi ficou fascinada.

– Como é que vocês sabem que os sinais são de nossas campeiras?

Uma telegrafista antiga explicou:

– Nossas mensagens são todas enviadas em ondas de 600 hertz. São frequências extremamente baixas para que nenhum inseto, em voo, possa captá-los. Precisam de um amplificador para serem recebidas.

– E vocês mandam mensagens de volta?

– Nunca! Abelhas sabem o que fazer. As primeiras mensagens já chegavam dos emissários enviados mais cedo. Informavam onde estavam as floradas mais ricas. Algumas mensageiras voltaram e começaram a dançar freneticamente, na alegria de ter encontrado ricas minas de provisão. E quanto mais rápida a dança, tanto mais próxima a florada. Outras foram designadas campeiras. E, entre elas, Zumbi. Mas também tinha as carregadeiras de água. As receptoras, as meleiras, as guardas e não por últimos as "cisternas". Isso todas admitiam, era a profissão mais dura e sacrificada. Tinham que deixar encher o seu papo com tanta água que pareciam balões. Eram incapazes de se movimentar ou de se alimentar e tinham seus dias contados.

As campeiras receberam, cada uma, dois frasquinhos de perfume. Um para se comunicar com as colegas em voo, para informar se tinham encontrado uma região rica. Outro, para usar quando se encontrassem em perigo, chamando ajuda imediata.

– Vocês estão armadas! – disse o chefe das campeiras.

– Mas usem seu ferrão em último caso, porque isso, geralmente, lhes custará a vida.

Zumbi não queria mais conselhos, queria somente sair. O grupo que iria recolher pólen examinou ainda as cestinhas firmemente amarradas às suas pernas e aí se foram. Um zumbido como um estalo, e milhares de abelhas, como relâmpagos, voaram em alta velocidade, na direção indicada. Já de longe sentiram um perfume quase anestesiante, e logo enxergaram um mar de flores brancas, o laranjal para o qual foram dirigidas. Zumbi se sentiu algo atordoada. Pousou numa flor, que parecia de cera transparente e perguntou polidamente:

– Por favor, me dá um pouco de seu néctar?

A flor riu:

– Dou sim, mas não é de graça. Néctar é o pagamento por serviço prestado. É a forma de recompensa que tenho. Não trouxe a sua escovinha?

Zumbi nem se lembrou de sua escovinha. Tinha trazido, mas nem sabia para quê.

– Você vê meu pistilo? – perguntou a flor – Você tem que escovar meus estames e ventilar os pólens em direção ao meu pistilo. Depois pode mergulhar sua trombinha em meu néctar. Entendido?

– Entendi. Mas não compreendo porquê – disse Zumbi.

A flor se admirou:

– Deve ser abelha nova para não saber disso. O pólen migra dentro do pistilo até meus ovários e os fertiliza. Então cresce um fruto, uma laranja. O vento também consegue fazer esse serviço, mas ele é muito relaxado. Abelha é melhor!

Zumbi perguntou, cheia de respeito:

– Você é fertilizada? Nas abelhas, somente a rainha é fertilizada. Então, é rainha?

A flor não respondeu e Zumbi se pôs a trabalhar. Fertilizava as flores e recebia seu néctar. Logo, seu papo estava cheio de néctar e seus cestos estavam tão cheios de pólen – fonte de proteínas e vitaminas – que quase não conseguia carregá-los. Pareciam polainas amarelas. Pôs-se a caminho da colmeia. Voava vagarosamente e com muito esforço. Quase tinha dobrado seu peso. Mas estava feliz com sua carga. Asreceptoras já esperavam. Logo na entrada, os cestos de pólen foram retirados. A seguir, Zumbi inclinou a cabeça e pôs a língua para fora para que a gota de néctar escorresse.

– Como é grande sua gota! – exclamou a receptora, com admiração.

Zumbi se sentia realizada. Agora a receptora estava com a difícil tarefa de engolir o néctar 120, 180 até 240 vezes para transformá-lo em melado. Este, ela depositava numa célula e as meleiras a sorviam e regurgitavam, levando de uma célula a outra enquanto as ventiladoras giravam as asas, velozmente, para evaporar mais rapidamente toda a umidade. O líquido engrossado, finalmente é o mel. Cada vez que uma célula estava cheia de mel as cereiras a fechavam com uma tampa. De noite, as meleiras estavam mais cansadas que as campeiras, pois não tiveram tempo para comer um único bocado.

Zumbi fazia dezenas e centenas de voos e, de noite, estava exausta. Recebia somente um pão e pronto. Pedia outro e a nutricionista lhe dava secretamente.

– As outras não podem ver. Se todas pedissem, a provisão não daria.

Um dia, enquanto a colmeia dormia, foi assustada por uma gritaria no armazém. Uma vespa estava escondida ali para roubar. O alarme soava e as vigias se precipitavam sobre o ladrão matando-o. Segundos mais tarde, já o tinham jogado para fora. Mas esta noite não tinha sossego. De repente, vieram gritos do berçário. Pela fresta, recém-fechada com própolis, um camundongo tinha entrado, comendo prazerosamente as larvinhas. Ninguém o tinha percebido entrar. O cansaço era demais. Zumbi estarreceu. Mas logo a horda de amas e vigias se precipitou sobre o ratinho fincando seus ferrões no intruso. Não pensavam em nada, a não ser na defesa da cria. Mas os ferrões ficaram presos na pele do bicho, junto com o saco de veneno, nervos e músculos, para que continuasse a injetar, sem cessar, o seu veneno. Enquanto isso, as abelhas atacantes, com um buraco na barriga, caíam moribundas.

Mas como iriam arrastar este bichão enorme para fora? Nem mil abelhas teriam força para isso. Mas a rainha deu uma ordem para construir um sarcófago de cera ao redor do ratinho. As cereiras trabalharam a noite inteira e no outro dia não restava mais nada do intruso, a não ser uma bolota de cera bem vedada com própolis.

Os dias passaram e as novas rainhas tinham que sair de suas câmaras. Finalmente, escutou-se o qua-qua e tu-tu das câmaras reais, sinal que as novas rainhas estavam prontas para aparecer. A agitação crescia. Pelo som, as abelhas sabiam quais eram as mais fracas, e estas, ao forçar a portinha eram imediatamente mortas. Somente as duas mais fortes foram deixadas vivas. Ao saírem, mediram-se com olhares hostis e, de repente, emitiram simultaneamente um grito estridente e se precipitaram uma sobre a outra. Começou a luta feroz. Zumbi não aguentou mais:

– Não as deixem brigar, não deixem se matar, ajudem, apartem-nas!

Mas a rainha que assistia, fez um sinal com a cabeça, para deixá-las brigar. Zumbiam desvairadamente. A luta aumentou de violência. As abelhinhas assistiam em profundo silêncio, impassíveis. Uma tinha que morrer. A mais forte seria a nova rainha.

– E se as duas morrerem? – soluçou Zumbi

– Isso raramente ocorre. Mas, nesse caso, criaremos outras rainhas – a soberana as observou sem nenhum sentimento. Um dia, ela também ganhara o domínio da colmeia matando a adversária.

Um zumbido surdo soou da boca das abelhas. Uma rainha tinha fincado seu ferrão na barriga da outra, num golpe mortal. A velha rainha deu um suspiro profundo e perguntou:

– Quem vai comigo? – Zumbi não entendeu.

– Duas rainhas são demais numa colmeia, uma tem que sair – sussurrou sua vizinha. E muitas das abelhas mais velhas resolveram sair. Encheram suas trouxinhas com provisão, um pouco de mel, olharam mais uma vez o lar onde nasceram e trabalharam, e a rainha à frente do enxame se levantou para procurar outro lar.

Zumbi não tinha tido a coragem de sair. Amava demais a sua colmeia. E se todos saíssem, com quem ficaria a rainha nova? Esta saiu para seu voo nupcial, o único voo de sua vida, antes de se fechar na câmara real. Era o grande dia dos zangões. E quando partiram todas esperavam que a jovem rainha voltasse, caso contrário todos ficariam órfãos e as obreiras teriam que alimentar muito bem as larvas para que se criasse outra rainha; isso causaria um grande desequilíbrio na colmeia.

A rainha voltou e a vida continuou. Mas num belo dia não deixaram ninguém sair. A agitação era grande e o nervosismo de todas crescia até o insuportável. Até então, poucas sabiam o motivo. Um zumbido surdo e insistente fez estremecer a colmeia. Os zangões acordaram e xingaram, como de costume, porque não podiam mais dormir. Aí, uma das vigias perdeu os nervos.

– Vocês não se preocupem, vão poder dormir o resto da eternidade! – e com essa palavras se precipitou sobre um zangão, arrastou-o para fora e o liquidou com uma ferroada. Era o início do massacre.

A rainha tinha dado ordem para se livrarem dos zangões, porque se aproximava uma época de escassez.

Embora Zumbi odiasse os zangões, agora tinha pena deles. Mas sabia que sentimentos não poderiam reger um povo de abelhas. De repente, com garganta apertada, perguntou:

– E se obreira não pode mais trabalhar, também é morta?

A vizinha riu:

– Bobinha, obreira morre com 30 a 35 dias de idade de exaustão. E a vida da colmeia continua.